# Bianca

# HIJA DE LA TORMENTA
## LINDSAY ARMSTRONG

D1225817

HARLEQUIN™

Editado por Harlequin Ibérica.
Una división de HarperCollins Ibérica, S.A.
Núñez de Balboa, 56
28001 Madrid

© 2010 Lindsay Armstrong
© 2018 Harlequin Ibérica, una división de HarperCollins Ibérica, S.A.
Hija de la tormenta, n.º 2623 - 16.5.18
Título original: One-Night Pregnancy
Publicada originalmente por Mills & Boon®, Ltd., Londres.
Este título fue publicado originalmente en español en 2011

I.S.B.N.: 978-84-9188-075-2
Depósito legal: M-7147-2018
Impresión en CPI (Barcelona)
Fecha impresion para Argentina: 12.11.18
Distribuidor exclusivo para España: LOGISTA
Distribuidor para México: Distibuidora Intermex, S.A. de C.V.
Distribuidores para Argentina: Interior, DGP, S.A. Alvarado 2118.
Cap. Fed./Buenos Aires y Gran Buenos Aires, VACCARO HNOS.

# Capítulo 1

HACÍA una noche de perros en la carretera que llevaba a la famosa Costa Dorada australiana.

No había empezado así, aunque las tormentas de verano eran algo habitual en la zona. Pero aquella tormenta había tomado por sorpresa incluso a los meteorólogos.

Llovía a cántaros y el viento era tan fuerte que sacudía el coche de Bridget Tully-Smith. La estrecha carretera que recorría el valle Numinbah se iba anegando mientras los limpiaparabrisas se movían frenéticamente de un lado a otro.

Había ido a visitar a una amiga casada que tenía una granja en la que estaba criando llamas ni más ni menos. Había sido un fin de semana muy agradable. Su amiga tenía un niño pequeño, un marido enamorado y su casa en esa zona del valle de Numinbah era sencillamente preciosa.

Solo debería haber tardado una hora en volver a la costa, pero debido a la tormenta había anochecido antes de lo esperado y Bridget se había perdido. Estaba, no sabía cómo, en una carretera secundaria, poco más que un camino de tierra, cuando la lluvia se volvió torrencial, como si el cielo se hubiera abierto y estuviera decidido a anegar la zona.

Poco después se encontró con un puentecito de cemento, o lo que probablemente lo había sido pero que ahora era un torrente que dividía la carretera en dos. Bridget tuvo que pisar el freno a toda prisa... y eso estuvo a punto de costarle muy caro.

La parte trasera de su coche patinó hacia un lado y sintió que golpeaba agua. Sin pensar, Bridget salió del coche cuando empezaba a tragárselo el torrente y luchó con todas sus fuerzas para buscar un promontorio.

Encontró un árbol *jarrah* y se agarró a él con todas sus fuerzas mientras miraba, horrorizada, como su coche era tragado por el torrente de agua. Con el capó hacia arriba y los faros encendidos iluminando la escena, se fue flotando hasta desaparecer de su vista.

—No me lo puedo creer —murmuró, temblorosa.

Por encima del viento y la lluvia le pareció oír el ruido de un motor y enseguida vio que otro coche se acercaba a toda velocidad.

¿No conocían la carretera? ¿Pensaban que podrían atravesar el puente si iban a toda velocidad? ¿Tendrían un cuatro por cuatro? Bridget se hizo todas esas preguntas en una décima de segundo, pero supo de inmediato que debía advertirlos.

Abandonando la precaria seguridad que le ofrecía la rama del árbol, corrió hacia el centro de la carretera dando saltos y moviendo frenéticamente los brazos.

Llevaba una blusa blanca y roja y rezaba para que destacase en la oscuridad, aunque sabía que su pantalón beige no lo haría porque estaba empapado y pegado a sus piernas.

Tal vez nada, pensó después, hubiera podido evitar el desastre. El vehículo se acercaba a toda velocidad y el conductor ni siquiera pisó el freno. Pero cuando llegó al torrente que cubría el puente de cemento, como le había pasado a ella, fue tragado por el agua.

Bridget se llevó una mano al corazón porque podía ver a unos niños. Oyó gritos, vio que alguien bajaba una ventanilla... y entonces el coche desapareció.

Llorando, Bridget intentó imaginar qué podía hacer por ellos. Pero no podía hacer nada más que intentar llegar hasta ellos a pie. Y su móvil estaba en su coche...

Pero otro vehículo apareció de repente y este consiguió parar antes de llegar al agua.

–Gracias a Dios –murmuró, mientras corría hacia el Land Rover, resbalando en el barro.

Un hombre salió del coche antes de que llegase. Era muy alto y llevaba pantalones vaqueros, botas y un chubasquero gris.

–¿Se puede saber qué pasa? ¿Qué hace aquí?

Bridget intentó llevar aire a sus pulmones, pero solo pudo contarle lo que había pasado jadeando e intentando no ponerse a llorar.

–¡Había niños en el coche! ¿Tiene usted un teléfono? El mío estaba en mi coche y tenemos que alertar...

–No, no...

–¿Qué clase de persona no tiene un móvil hoy en día? –exclamó Bridget.

–Tengo un móvil, pero no hay cobertura en esta zona.

–Entonces... –Bridget se pasó las manos por la cara para apartar el agua–. ¿Por qué no voy con su coche a buscar ayuda mientras usted intenta hacer algo?

–No.

–¿Por qué no?

El extraño la miró en silencio durante unos segundos.

–No podría llegar muy lejos. Ha habido un deslizamiento de tierras a un par de kilómetros de aquí. Ocurrió justo después de que yo pasara, me he salvado de milagro –mientras hablaba, abría la puerta del viejo Land Rover que conducía–. Voy a ver qué puedo hacer –añadió, sacando una cuerda, un hacha pequeña, una linterna y un cuchillo dentro de una funda de cuero que se puso en el cinturón.

–Gracias a Dios... iré con usted.

–No, quédese aquí.

–¡Oiga!

Él se volvió, impaciente.

–Lo último que necesito en este momento es una chica histérica a la que atender. Solo tengo el chubasquero que llevo puesto...

–¿Y eso qué más da? –lo interrumpió ella–. No

puedo mojarme más. Y además –Bridget estiró todo lo que pudo su metro cincuenta y cinco de estatura–, yo no soy una histérica. ¡Vamos!

¿Su misión de rescate habría estado condenada desde el principio? A veces se lo preguntaba. Desde luego, ellos habían hecho todo lo que habían podido. Pero ir río abajo con ese torrente de agua, en medio de una tormenta, con el viento, las piedras y los árboles interrumpiendo su camino no era solo lento, sino agotador.

Estaba recibiendo golpes por todas partes y unos minutos después, cuando aún no habían visto ni rastro del coche, le dolían todos los músculos.

Seguramente por eso resbaló, golpeándose con una cerca que no había visto. Un trozo de alambre de espino se enganchó en la trabilla de su pantalón y no era capaz de soltarse por mucho que lo intentase.

–¡Quíteselos! –gritó el extraño, iluminándola con la linterna.

Bridget miró por encima de su hombro y estuvo a punto de morir de un infarto al ver la tromba de agua que se dirigía hacia ella.

No lo pensó un segundo. De un tirón, se quitó los pantalones, pero la tromba de agua la atrapó y habría terminado ahogándose si el extraño no hubiera corrido a su lado para atar la cuerda a su cintura y tirar de ella hasta llevarla a terreno seguro.

–Gracias –dijo Bridget, sin aliento–. Seguramente me ha salvado la vida.

Él no dijo nada.

–Tenemos que subir por esa pendiente, aquí estamos en peligro. Siga moviéndose –le ordenó.

Y Bridget siguió moviéndose. Los dos lo hicieron hasta que sus pulmones parecían a punto de estallar. Pero, por fin, él dijo que parasen.

–Aquí, venga aquí –le dijo, moviendo la linterna–. Esto parece una cueva.

Era una cueva con paredes de roca, suelo de tierra y un techo cubierto de arbustos. Bridget se dejó caer en el suelo, exhausta.

–Parece que alguien va a tener que rescatar a los rescatadores.

–Suele ocurrir –dijo él filosóficamente.

Bridget miró alrededor. No le gustaban mucho los sitios pequeños y estrechos, pero lo que había fuera la curó de su claustrofobia inmediatamente.

Por primera vez, se dio cuenta de que no llevaba pantalones. Y después de mirar sus piernas desnudas se dio cuenta de que la blusa estaba rasgada y dejaba al descubierto el sujetador rosa, que también estaba manchado de barro.

Cuando levantó la mirada, vio a su salvador de rodillas, mirándola con un brillo de admiración en sus asombrosos ojos azules. Era la primera vez que se fijaba en sus ojos.

Pero él apartó la mirada enseguida para quitarse el chubasquero y la camisa de cuadros, revelando un torso ancho y bronceado cubierto de suave vello oscuro y un par de hombros poderosos. Bridget no pudo evitar un momento de admiración, pero después tragó saliva, sintiendo cierta aprensión. Al fin y al cabo, estaban solos allí y él era un desconocido.

–Soy Adam, por cierto. ¿Por qué no te quitas la blusa y te pones mi camisa? –sugirió, tuteándola por primera vez–. Está relativamente seca. Y no te preocupes, yo miraré hacia el otro lado –Adam le tiró la camisa y, como había prometido, se dio la vuelta.

Bridget tocó la prenda. Sí, estaba casi seca y desprendía un aroma masculino a sudor y algodón que resultaba extrañamente reconfortante. Y le hacía falta, no solo porque estaba medio desnuda, sino porque estaba muerta de frío.

De modo que se quitó la blusa y el empapado sujetador y se puso la camisa a toda velocidad, abrochándola con dedos temblorosos. Le quedaba enorme, pero al menos la hacía sentirse casi decente.

–Gracias... Adam. ¿Pero tú no vas a tener frío? Por cierto, ya puedes darte la vuelta.

Él lo hizo y volvió a ponerse el chubasquero.

–Yo estoy bien –respondió, mientras se sentaba en el suelo–. ¿No vas a decirme cómo te llamas?

–Ah, Bridget Smith –contestó ella. A menudo usaba solo una parte de su famoso apellido–. ¡Oh, no! –exclamó entonces–. ¡Mi coche!

–Lo encontrarán tarde o temprano. No sé en qué estado, pero cuando pase la tormenta y las aguas vuelvan a su cauce, aparecerá en algún sitio.

–¿De verdad? Tenía las ventanillas subidas, pero

no tuve tiempo de cerrarlo... ¡toda mi vida está en ese coche!

Él levantó una ceja, sorprendido.

−¿Toda tu vida?

−Bueno, mis tarjetas de crédito, mis llaves, mi teléfono, el permiso de conducir... por no hablar del propio coche.

−Todo eso se puede reemplazar o, en el caso de las tarjetas de crédito, puedes avisar de que han desaparecido.

Bridget asintió con la cabeza, pero su expresión seguía siendo pensativa.

−¿Es señorita Smith?

−No necesariamente −contestó ella.

−Pero no llevas alianza.

Bridget dejó de pensar en el caos en que se convertiría su vida si no encontraba el coche, para mirar al hombre que estaba atrapado en la cueva con ella.

Y luego metió la mano por el cuello de la camisa para sacar una cadena de oro de la que colgaba una alianza.

−Comprendo −dijo Adam−. ¿Por qué no la llevas en el dedo?

Ella parpadeó, sin saber qué decir. Porque por guapo, alto y atlético que fuera, en realidad era un perfecto desconocido y una debería tener cuidado, ¿no? Tal vez sería buena idea inventarse un marido.

−He perdido peso y se me caía.

Lo último era cierto.

−¿Y cómo es el señor Smith?

¿Le estaba preguntando para hacer que olvidase

la situación en la que se encontraban o dudaba de su palabra?

–Pues es muy agradable –respondió Bridget–. Es alto, probablemente más alto que tú, y cuando se desnuda es una gloria –luego hizo una pausa, preguntándose de dónde había salido esa frase, ¿de una novela del siglo anterior? No sabía por qué lo había dicho, desde luego–. Y, por supuesto, está loco por mí.

–Por supuesto –repitió él, con un brillo burlón en los ojos que, por alguna razón, la puso nerviosa–. ¿Eso significa que está esperándote en algún sitio? ¿En casa, tal vez?

–Sí, claro –mintió ella tranquilamente.

–Me alegro, porque imagino que llamará a la policía y a los servicios de emergencia cuando no aparezcas.

–Pues... –Bridget se puso colorada–. No, en este momento está fuera de la ciudad. Es solo un viaje de negocios y... volverá a casa mañana. O pasado mañana.

Adam la estudió en silencio. Su pelo corto era cobrizo y ni siquiera la peligrosa excursión por el torrente había logrado borrar el brillo de sus ojos verdes. Unos ojos muy reveladores, tanto que estaba seguro de que mentía. ¿Por qué habría decidido inventarse un marido?

La respuesta era obvia: él era un extraño. De modo que Bridget Smith era una chica cautelosa, incluso en una noche como aquélla. En fin, si de ese modo se sentía más segura...

–Espera un momento –dijo ella entonces–. He pasado el fin de semana en casa de una amiga y seguramente me estará llamando por teléfono ahora mismo. Quería que me quedase a dormir, pero tengo que levantarme muy temprano mañana... puede que ella llame a los servicios de emergencia si no me localiza.

–Estupendo –dijo Adam, levantándose–. Voy a echar un vistazo. Si el agua sigue subiendo, tendremos que irnos de aquí.

El agua seguía subiendo, pero no a la misma velocidad que antes.

–Creo que podemos relajarnos un poco –dijo después, volviendo a la cueva–. Que no suba a la misma velocidad de antes puede significar que pronto empezará a bajar.

Bridget dejó escapar un suspiro de alivio. Pero duró poco porque, de repente, oyeron un estruendo y algo, un árbol comprobaron después, cayó rodando por la pendiente y taponó la entrada de la cueva.

Bridget se volvió hacia Adam, muerta de miedo.

–Estamos atrapados.

–¿Atrapado, yo? –replicó él, esbozando una sonrisa–. De eso nada, señora Smith.

–Pero solo tienes un hacha y un cuchillo...

–Te asombrarías de lo que puedo hacer con ellos.

–¿Eres leñador? ¿Uno de ésos que cortan árboles en los concursos?

Por alguna razón, esa pregunta pareció pillarlo por sorpresa.

–¿Parezco un leñador?

–No, la verdad es que no. Pareces... bueno, podrías ser cualquier cosa –Bridget sonrió, nerviosa–. No quería ofenderte.

–No me has ofendido. Y no tienes que preocuparte por mí... ni el señor Smith tampoco.

–Gracias.

Había un interrogante en esos ojos verdes, como si sospechara que le estaba tomando el pelo.

Adam sintió la tentación de reír, pero recordó entonces que, a pesar de lo que había dicho, estaban atrapados en la cueva.

Una hora después eran libres.

Una hora durante la cual Adam había usado una mezcla de fuerza bruta, maniobras con la cuerda y hachazos para mover el árbol.

–¡No sé cómo lo has hecho! –exclamó Bridget–. ¡Es increíble!

–Una cuestión de palancas. Uno siempre debe tener en cuenta la importancia de las palancas.

–Pondré eso en mi lista de cosas que debo aprender... ¡pero el agua sigue subiendo! –gritó Bridget cuando Adam iluminó el exterior de la cueva.

–Tenemos que salir de aquí tan rápido como podamos. Ponte la cuerda alrededor de la cintura, así no nos separaremos. Yo iré primero. ¿Estás lista?

Ella asintió con la cabeza.

Salir de la cueva para buscar un sitio más alto, y Bridget no sabía cuánto tiempo habían tardado en hacerlo, fue una tortura. La pendiente por la que tenían que subir estaba llena de rocas y resbalaba continuamente, pero siguió a Adam como pudo.

En un momento determinado tuvo que parar porque sintió una punzada en un costado y en otra ocasión resbaló y cayó al suelo. Solo la cuerda que llevaba a la cintura impidió que rodase pendiente abajo.

Iban uno al lado del otro y, mientras Adam iluminaba el camino con la linterna, Bridget vio por el rabillo del ojo que una enorme roca empezaba a resbalar hacia ellos...

Lanzando un grito, se tiró sobre él para apartarlo. Rodaron a unos centímetros de la trayectoria de la roca y el impulso los llevó a una zona lisa cubierta de hierba, una especie de prado en medio de aquella desolación. Y cuando Adam lo iluminó con la linterna vieron una especie de cobertizo.

–Gracias a Dios –murmuró Bridget, dejándose caer de rodillas–. Solo necesito... un momento para descansar. Enseguida estaré bien –le aseguró a su compañero.

Adam le ofreció la linterna.

–Sujeta esto –le dijo. Ella obedeció, sin pensar, y entonces notó que la tomaba en brazos.

–¿Qué haces? Ya estoy bien...

–Calla, señora Smith. Acabas de salvarme la vida, así que esto es lo mínimo que puedo hacer. ¿Te importaría iluminar el camino con la linterna?

Bridget lo hizo para que pudiesen ver por dónde iban y, poco a poco, empezó a relajarse. Más que eso, debía admitir. Adam tenía unos brazos sorprendentemente fuertes y se sentía a salvo en ellos. Además, no sabía si hubiera podido ponerse en pie, porque se sentía tan débil como un gatito.

Por fin, llegaron al cobertizo.

—Está cerrado —dijo Adam, dejándola en el suelo—. Pero en una noche tan horrible y como no hemos venido a robar nada, supongo que no les importará que hagamos esto —con un golpe del hacha que llevaba en el cinturón, Adam rompió el candado.

—Sí, bueno, me imagino que tienes razón —murmuró Bridget—. Y siempre podemos comprar uno nuevo.

—Después de usted, señora.

Cuando entró en el cobertizo, Bridget dejó escapar un suspiro de aprobación. Era un sitio viejo y no parecía particularmente sólido, pero había balas de paja apoyadas en una de las paredes y una cama en la otra. Un par de lámparas de parafina colgaban de clavos en la pared y había una tetera sobre un hornillo, algunas tazas medio rotas, una caja con bolsitas de té y varias toallas. A su lado, aperos para caballos: mantas, bocados, riendas y sillas de montar.

Y, afortunadamente, también había una estufa de hierro llena de papeles y leños.

—¡Madre mía! —exclamó Adam—. En estas circunstancias, podríamos decir que esto es el Hilton.

Bridget sonrió, pero enseguida perdió la sonrisa.

—Pero esos niños...

—Hemos hecho lo que hemos podido —la interrumpió él–. Y es un milagro que no nos hayamos ahogado. Piensa que están bien, que han logrado salir del coche.

–Pero a lo mejor hay una carretera por aquí cerca y podríamos buscar ayuda.

–Yo he pensado lo mismo. ¿Sabes dónde podemos estar?

–Ni idea.

–Yo tampoco. De hecho, estoy completamente desorientado. Si salimos de aquí ahora podríamos perdernos aún más, pero de día tendremos un punto de referencia. Además, los equipos de emergencias tienen que estar buscando gente después de una tormenta tan violenta. Pero, por si hubiera una casa cerca, voy a echar un vistazo.

–Voy contigo.

–No, quédate. ¿Tienes algún esguince, te duele algo?

–No, no lo creo. Solo algunos rasguños y unos cuantos hematomas.

–¿Has visto un tanque al lado del cobertizo, un tanque de agua de lluvia?

–No.

–Pues está ahí y lleno de agua. Cuando me marche, quítate la ropa y colócate bajo el grifo para lavarte el barro y la sangre. Eso te vendrá bien. Espera, voy a encender la estufa, así podrás calentarte cuando vuelvas.

–Pero...

–Nada de peros, es una orden –la interrumpió él.

–¡Pero no tengo nada que ponerme!

–Sí lo tienes –Adam señaló unas mantas de caballo–. Puedes ponerte eso.

Adam encendió la estufa y las lámparas de parafina antes de salir.

–Ten cuidado –le advirtió Bridget–. No me hace mucha gracia quedarme sola aquí, pero tampoco quiero que te pase nada. En serio.

Él inclinó la cabeza para disimular una sonrisa.

–No te preocupes, no iré muy lejos. No solo porque no quiero perderme, sino porque no quiero que se acabe la pila de la linterna. Te veo luego.

Bridget lo miró mientras salía del cobertizo y tuvo que contener el deseo de ir tras él. Lo contuvo porque sabía que no podría seguirlo.

Entonces se miró a sí misma. Estaba cubierta de barro de la cabeza a los pies y le dolían las piernas. Debía de tener rasguños por todas partes.

Lo más lógico era lavarse, pensó. Si tuviera algo que ponerse aparte de esas mantas de caballo...

De repente, encontró una respuesta a sus plegarias. El instinto la hizo mirar bajo una de las almohadas de la cama y allí descubrió un pijama de franela amarillo con ositos azules.

Bajo la otra almohada había un pantalón de chándal y una camiseta de hombre.

–¡Qué bien! Además de estar cómoda, no tendrán que rescatarme llevando una manta de caballo. Y Adam también puede adecentarse un poco. Bueno, vamos a la ducha, señora Smith –se animó a sí misma.

Fue una experiencia rara ducharse bajo un tanque de agua de lluvia por la noche, en medio de una tormenta.

Se había llevado una lámpara con ella y, afortunadamente, encontró un clavo en la pared. Con esa luz, pudo ver un enorme *jarrah* detrás del cobertizo y las ruinas de una antigua estructura de piedra.

«Qué raro», pensó, mientras el agua caía por su cuerpo. Estaba helada, pero al menos el tanque estaba situado sobre un camino de cemento. Y también había descubierto un cubo con un trozo de jabón.

¿Alguien acostumbraría a ducharse con agua de lluvia?, se preguntó.

Después de lavarse no se quedó para descifrar los misterios del tanque, sino que volvió al refugio y se secó delante de la estufa con la manta.

Más tarde se examinó a sí misma y, satisfecha al ver que no tenía más que algún corte sin importancia y algún moratón, se puso el pijama de franela.

–Lo siento –murmuró, como si hablase con la propietaria–. Te compraré uno nuevo.

Luego se concentró en la cocina y en la posibilidad, la maravillosa posibilidad, de hacerse un té calentito.

Adam volvió cuando estaba tomando un sorbo de una de las tazas rotas.

–¿Ha habido suerte?

–No –respondió él, quitándose el chubasquero–. ¿De dónde has sacado el pijama?

–Estaba bajo una de las almohadas –contestó ella, señalando el pantalón del chándal y la camiseta–. Parece que alguien vive aquí o pasa aquí algún tiempo al menos. ¿Quieres un té? Acabo de hacerlo.

–Sí, gracias –dijo Adam–. No hay ninguna vivienda por aquí, pero he visto varias cajas de ladrillos, así que seguramente usan el cobertizo mientras se construyen la casa. El sendero lleva hasta una cancela de hierro, pero está cerrada.

–A lo mejor hay caballos.

–Si los hay, los propietarios vendrán para ver si están a salvo –Adam dejó su taza sobre la estufa–. Y, evidentemente, has hecho caso de mi sugerencia –añadió, mirando su cara limpia de barro.

–Pensé que era una orden.

Él hizo una mueca.

–¿Y qué tal?

–Raro –contestó Bridget–. Pero si yo he podido hacerlo, tú también.

–Ahora mismo, señora Smith.

Bridget lo vio cerrar la puerta del cobertizo... y seguía mirándola un minuto después, como hipnotizada, imaginando a Adam duchándose bajo el tanque. No era difícil imaginar desnudo ese cuerpo tan grande y tan poderoso, con el agua resbalando por esos hombros tan anchos...

Avergonzada, Bridget se movió precipitadamente

y chocó contra el borde de la cama. Ni que fuera una adolescente, se dijo a sí misma, enfadada. A los veintitrés años, era lo bastante madura como para reconocer que se trataba de una reacción física ante un hombre muy atractivo. Pero ella era alérgica a los hombres muy atractivos que resultaban ser menos de lo que una esperaba, ¿no?

En cualquier caso, cuando Adam volvió de la ducha envuelto en una de las mantas y ella se dio la vuelta mientras se cambiaba de ropa, no pudo dejar de verlo en su imaginación.

«Deja de hacerlo, Bridget», se regañó a sí misma.


Una hora después, se desató otra tormenta.

Era casi medianoche.

Adam y Bridget estaban adormilados en la cama cuando un relámpago iluminó el cobertizo y un trueno retumbó unos segundos después sobre sus cabezas. Ella se despertó sobresaltada y Adam la abrazó para tranquilizarla.

—No es nada, duérmete.

—Ya lo sé, ¿pero no hemos sufrido suficiente? Y no puedo dejar de pensar en esos niños...

—Espera un momento, voy a echar más leña en la estufa. Vuelvo enseguida.

Cuando volvió, como si fuera lo más natural del mundo, colocó las almohadas una sobre otra y la tomó entre sus brazos.

—Cuéntame cosas de ti, Bridget.

—¿Qué quieres saber?

–¿Qué haces? ¿Dónde naciste? ¿A qué se dedican tus padres?

–Trabajo en la sala de redacción de una cadena de televisión. Por el momento, soy algo así como la ayudante de todo el mundo, pero estoy esperando que llegue algo mejor.

Bridget se estremeció cuando otro trueno hizo retumbar el cobertizo.

–¿Y qué más? –insistió él.

–Nací en Brisbane. Mi padre murió en un accidente hace unos años y mi madre volvió a casarse. Ahora vive en Indonesia.

–¿Dónde estudiaste?

–Estudié Periodismo en la Universidad de Queensland. Mi padre era periodista y supongo que heredé su interés por esa profesión –Bridget se detuvo, pensativa.

Le gustaba su trabajo, desde luego, ¿pero había heredado la pasión de su padre, el famoso Graham Tully-Smith, por el periodismo? A veces se preguntaba si era la admiración por su padre lo que hizo que eligiese esa carrera. Y a menudo se sentía inquieta, como si quisiera hacer algo diferente. ¿Pero qué?

Adam interrumpió sus pensamientos diciendo:

–Y ahora, sobre el señor Smith...

Bridget se mordió los labios.

–La verdad es que no hay ningún señor Smith. El anillo... –empezó a decir, jugando con la cadenita– es de mi madre. Pero como éramos extraños, me pareció buena idea inventar un marido.

–Me lo había imaginado.

–¿Por qué?

–Tienes unos ojos muy reveladores. Además, sonaba a invento.

Bridget se puso colorada y, riendo, él pasó un dedo por su barbilla.

–¿Tienes novio?

Tal vez era la tormenta, tal vez el calor de su cuerpo o la tranquilidad que le daba su presencia, pero fuera cual fuera la razón, Bridget se encontró contándole cosas que no le había contado a nadie. Cosas como que se había enamorado locamente a los veintiún años, una relación que había terminado siendo un desastre.

–Él cambió de repente. Se volvió muy posesivo y, sin embargo, absolutamente crítico conmigo. Pero eso fue porque... bueno, en fin, lo del sexo no se me daba muy bien. Yo creo que porque en realidad me habría gustado esperar un poco, hasta que estuviéramos prometidos al menos.

–Ah, claro.

–No tardé mucho en darme cuenta de que me estaba acostando con un hombre que no me gustaba. Era guapo y divertido, pero... cuando rompimos casi me daba miedo. Y por eso no he vuelto a salir con nadie. Aunque no sé por qué te estoy contando todo esto.

–A lo mejor tenías que contármelo –dijo él, acariciándole el pelo–. Pero las cosas podrían ser diferentes con otro hombre.

Bridget no parecía muy convencida, pero no discutió.

–¿Pero por qué te lo he contado? No se lo había contado a nadie.

–No lo sé –Adam se encogió de hombros–. Ha sido una noche muy difícil. El miedo, el estrés, el agotamiento y ahora una tormenta de rayos y truenos. Es normal.

No, había algo más, pensó Bridget. Había algo en aquel hombre que la atraía de verdad. No solo la hacía sentirse segura, también hacía que se sintiera interesada por él, como si quisiera conocerlo mejor y...

¿Y qué? Le gustaba físicamente, desde luego. Le encantaban sus manos y el brillo burlón de sus ojos. Y le divertía ver como el flequillo caía sobre su frente.

–Contarme eso te hace más humana, «señora Smith». Todos cometemos errores en la vida –dijo él.

Bridget lo pensó un momento.

–Sí, supongo que sí.

Adam hizo una mueca al notar su falta de convicción.

–Pero Bridget Smith tiene que ser algo más que eso. Dime las cosas que te gustan, por ejemplo.

–Soy una persona muy normal. Hay cosas que se me dan bien, pero vivo con la esperanza de encontrar algo que me guste de verdad.

–¿Y qué cosas haces bien?

–Pintar, por ejemplo. Hubo un tiempo en el que pensé que sería la próxima Margaret Olley, porque me encanta pintar flores, pero no tuve suerte. También me encanta pintar paisajes y toco el piano, pero nunca seré Eileen Joyce. Una vez pensé que me gustaría ser diseñadora de jardines. Mis padres tienen una finca y me encanta plantar cosas y verlas crecer. Y montar a caballo, me encantan los caballos. No tengo ninguno, pero tuve un par de ponis de pequeña y trabajo como voluntaria en una escuela ecuestre para niños con minusvalías.

–¿Ah, sí?

–No me llevo mal con los niños, por cierto –Bridget se quedó callada un momento–. Leo todo el tiempo, me gusta cocinar, me encanta estar en casa haciendo cerámica... ah, y canto.

–¿Profesionalmente? –preguntó él.

–No, no. También creí una vez que sería la nueva Sarah Brightman, pero no pudo ser. Canto en la ducha... y en todas partes.

–Canta algo.

–¿Ahora?

–¿Por qué no?

Bridget cantó un par de estrofas de *Memory* y cuando terminó, le confesó que era fan de los musicales.

–Pues pareces ser una chica completa –concluyó Adam, esbozando una sonrisa–. En otro tiempo hubieras podido ser una adorable esposa y madre de clase alta.

–Eso no suena muy divertido –Bridget se rio–. Pero se parece a algo que me dijo una profesora: «no vas a ganar un premio Nobel, Bridget, pero eres una chica encantadora». Qué emocionante, ¿verdad?

–No sé –Adam sonrió, besándole la frente–. Está bien ser encantador y creo que tu profesora tenía razón.

Ella sonrió también, con un brillo travieso en los ojos.

–Le demostré que no era un desastre académico sacando buenas notas en la universidad. Pero bueno... ya está bien de hablar de mí. Cuéntame algo sobre ti.

–No sabría por dónde empezar.

–¿Cuántos años tienes? ¿Dónde naciste? ¿A qué te dedicas? Todas esas cosas.

–Tengo treinta y un años y tú... ¿veintidós?

–Veintitrés.

–Ah, veintitrés –repitió él–. Nací en Sidney y he hecho muchas cosas. Se me dan bien los caballos, pero la verdad es que suelo ir de un lado a otro.

–¿Quieres decir que no te atas a nada?

–No me ato a nada.

–¿Alguna mujer te engañó o te llevaste una desilusión amorosa?

Por alguna razón, la pregunta, hecha con una mezcla de sabiduría y compasión, hizo que Adam la mirase a los ojos durante unos segundos, en silencio.

–Podríamos decirlo así.

–¿Te gustaría contármelo?

–No, mejor no.

Su pelo se había secado y parecía más claro que antes, casi de color dorado. Sus ojos eran más verdes a la luz de la lámpara. Y, aunque el pijama de franela de ositos la hacía parecer una adolescente, había una figura perfecta bajo la tela. Una figura de pechos altos, caderas como una fruta madura y cintura estrecha...

Era una chica valiente, además.

Y no era tonta, descubrió un segundo después.

–A lo mejor tienes que contarlo.

Adam apartó la manta y se sentó a su lado. Los truenos seguían retumbando sobre sus cabezas, pero cada vez sonaban más lejanos.

¿Cómo se había metido en aquel embrollo?

–No me sorprendo fácilmente –lo animó Bridget–. ¿Se marchó con otro hombre?

Él la miró, apretando la mandíbula. Pero luego sonrió, un esbozo de sonrisa que no llegó a sus ojos.

–¿Cómo lo has adivinado?

–Si dices que una mujer te rompió el corazón... no era difícil de adivinar –Bridget arrugó la nariz–. Pues ese hombre debía de tener mucho que ofrecer, porque si no, estaba loca.

–¿Por qué dices eso?

Bridget se dio cuenta de que había hablado sin pensar. ¿Cómo podía arreglar la situación sin quedar mal?, se preguntó. Tal vez si decía la verdad...

–Tú eres muy guapo y tienes muchos recursos en situaciones de emergencia. Eres fuerte y... yo me siento segura contigo.

–Gracias –dijo Adam–. Pero nada de eso fue suficiente para retenerla. Aunque debo admitir que la competencia era dura.

–O tal vez ella no merecía la pena.

–¿Has terminado de interrogarme, señora Smith?

–Ah, lo siento –dijo Bridget, contrita–. ¿Quieres que cambiemos de tema?

Adam se levantó de la cama para calentar agua en el hornillo mientras ella lo miraba. La lámpara de parafina no lograba desvanecer las sombras del cobertizo, pero al menos lo peor de la tormenta había pasado.

–¿Quieres azúcar?

–Una cucharada, por favor. Oye, no te enfades conmigo, no quería entrometerme.

–No estoy enfadado –dijo él–. Yo también te he preguntado por tu vida. Y al menos así nos hemos olvidado de la tormenta.

–Y yo te he contado la historia de mi vida. Supongo que esperaba que tú hicieras lo mismo. Además, nos hemos salvado la vida el uno al otro, acuérdate.

Adam tuvo que sonreír.

–Me dejó por mi hermano mayor –le contó después–. Tienes razón, no merece la pena. Pero... en fin, mi hermano es otra cuestión y algún día la vida le devolverá lo que me hizo. Yo me encargaré de ello.

Bridget miró su perfil, que parecía tallado en granito.

–No creo que sea buena idea. Lo mejor sería que te olvidases de ellos y rehicieses tu vida...

–Bridget, déjalo –la interrumpió él.

–Ah, perdona.

Cuando terminaron de tomar el té, Adam volvió a meterse en la cama y la tomó entre sus brazos.

–Duérmete –le dijo.

Bridget se relajó, encantada de estar así. Le parecía tan natural, tan agradable, que empezó a quedarse dormida...

Adam, por otro lado, se encontró mirándola a la

luz de la estufa, preguntándose qué tendría aquella chica que le había hecho contarle cosas que no le contaba a nadie.

Tal vez porque no era en absoluto amenazadora o porque no sabía quién era él. Sí, era eso, pero había algo más. Sentía el deseo de protegerla y tenía que admirar su valor al aguantar todo lo que la naturaleza había lanzado contra ellos.

Pero había algo más.

Adam se preguntó cómo sería hacer el amor con ella. Cómo sería abrir esos bonitos labios rosados que se movían un poco mientras dormía... ¿estaría soñando?

Cómo sería darle un beso. ¿Qué expresión vería en sus ojos verdes si la iniciase en los placeres del sexo y la hiciese olvidar los malos recuerdos de su desgraciada aventura amorosa?

No sería ningún castigo, desde luego, pensó, sintiéndose excitado. Todo lo contrario. Parecía estar hecha para sus brazos, como si ese cuerpo le perteneciera...

Bridget abrió los ojos y, durante unos segundos, se miraron sin decir nada. Adam contuvo el aliento al ver que en sus ojos verdes había un interrogante, como si hubiera adivinado sus pensamientos.

Pero el brillo desapareció casi inmediatamente, como si hubiera decidido que era imposible o como si fuera un sueño. Y volvió a quedarse dormida.

Él dejó escapar un suspiro, sonriendo.

No, no sería imposible, Bridget Smith, pensó. Y tampoco era un sueño. Pero no iba a pasar.

Por muchas razones.

Se quedó inmóvil durante unos minutos, escuchando el golpeteo de la lluvia sobre el tejado de uralita, concentrándose en eso deliberadamente y en el hecho de que casi parecía estar amaneciendo.

Pero, de hecho, la noche no había terminado para ellos...

# Capítulo 2

A LAS TRES de la madrugada, Bridget se despertó y esa vez Adam estaba dormido. Seguía entre sus brazos y, a la suave luz que emitían las brasas de la estufa, parecía más joven, más cercano.

¿De verdad la había mirado con deseo?, se preguntó.

¿En la cama? ¿En el cobertizo?

Bridget sintió un estremecimiento. ¿Lo habría imaginado, lo habría soñado? Aunque así fuera, la llenaba de alegría pensarlo.

Pero enseguida se llevó una mano a la boca, en un gesto de preocupación. ¿Cómo podía sentir aquello por un hombre al que no conocía de nada?

Un hombre, además, que había dejado claro que no quería compromisos y que había estado enamorado de una mujer que lo engañó.

Pero eso no parecía cambiar nada. Aún se le ponía la piel de gallina al pensar que Adam podía desearla...

¿Qué iba a hacer?, se preguntó. Nunca antes había sentido algo así.

Media hora después, se dio cuenta de que tenía que ir al baño, aunque no le apetecía nada. Seguía lloviendo, de modo que se puso el chubasquero de Adam y tomó la lámpara de parafina.

Cuando volvía corriendo al cobertizo, tropezó al oír un fuerte crujido a su lado y cayó al barro. La fuente del crujido, la rama de un *jarrah* tras el cobertizo, cayó sobre ella, junto con un montón de rastrojos, ramas y piedras.

El golpe fue tan fuerte que perdió el conocimiento durante unos segundos y cuando volvió en sí y abrió los ojos, no podía ver nada. Asustada, empezó a sentir un ataque de claustrofobia...

–Bridget, ¿estás bien? –oyó que la llamaba Adam–. ¡Bridget, contesta!

Ella se movió un poco. No le dolía nada, pero...

–Creo que estoy atrapada, no puedo levantarme. Puedo mover las piernas, pero no sirve de nada... oh, no –murmuró al oír otro crujido.

–Bridget, escúchame –dijo Adam entonces–. Protégete la cabeza con los brazos si puedes. Intenta no moverte. Yo te sacaré de ahí, no te preocupes.

Podía oír ruidos y golpes, como si estuviera cortando algo con el hacha. Había visto lo que le hacía al otro árbol, pero ese era mucho más pequeño...

De repente, pensó que se iba a morir allí, bajo las ramas y las piedras que habían rodado por la pendiente.

Durante unos segundos ni siquiera pudo mover las piernas, no las sentía y pensó que se había roto la espina dorsal. Más tarde supo que había sido una parálisis histérica, pero entonces vio que su vida pasaba a toda velocidad ante sus ojos.

Durante la media hora que Adam tardó en sacarla de allí, estuvo convencida de que todo había terminado para ella.

Podía despedirse de su vida, ridículamente corta, sin haber conseguido ninguno de los objetivos que se había marcado, pensó, con lágrimas en los ojos.

Y no creyó que estaba libre hasta que Adam la tomó en brazos para llevarla al cobertizo.

—¿Estoy soñando? ¿Estoy en el cielo o en otro sitio?

Sin contestar, él la dejó sobre la cama.

—Voy a quitarte la ropa para ver si te has roto algo. No te muevas.

Bridget se rio amargamente.

—Me parece que no puedo moverme mucho. Me he llevado un susto... pensé que me iba a morir.

Después de poner la tetera en el hornillo, Adam se volvió para quitarle el chubasquero y el pijama con cuidado. Palpó sus costillas y sus piernas y cuando estuvo seguro de que no tenía nada roto, le dijo que había tenido mucha suerte.

Bridget se mantuvo en silencio mientras echaba agua caliente en un cubo para limpiarle el barro. No se había dado cuenta de que había calentado una toalla en la estufa hasta que se la puso encima.

Adam la miró durante unos segundos, en silencio, y luego se volvió para echar más leña en la estufa. Había tenido muchísima suerte, desde luego.

El pvc del chubasquero se había enganchado en una rama, por eso había quedado atrapada. Pero esa misma rama la había protegido de las piedras que rodaron por la pendiente, pasando sobre ella sin rozarla. Había sido un milagro, desde luego.

Adam se miró a sí mismo. Estaba cubierto de barro una vez más, de modo que se quitó la ropa, se lavó un poco con una toalla y se envolvió una a la cintura antes de meterse en la cama.

Bridget no protestó cuando la envolvió en sus brazos. Al contrario, dejó escapar un suspiro de alivio.

–Muchas gracias, Adam.

–De nada –dijo él–. Duérmete si puedes.

Bridget cerró los ojos y se quedó adormilada un rato, pero se despertó poco después, temblando y moviendo los brazos frenéticamente...

–Bridget, tranquila, estás a salvo. Soy yo, Adam. Tu leñador, ¿recuerdas?

Por fin, ella empezó a relajarse.

–Gracias a Dios. Estaba soñando... pensé que estaba ahí fuera otra vez, ahogándome bajo las hojas.

–No, estás en mis brazos. Estamos en un cobertizo y, aunque fuera hay una tormenta de mil demonios, nosotros estamos a salvo.

–¿Cuándo va a terminar? –preguntó Bridget, angustiada.

Adam estudió su rostro en la oscuridad y, de nuevo, sintió ese extraño deseo de protegerla. Había soportado tanto en las últimas horas y todo con una mezcla de valentía y buen humor. ¿Pero cómo podía consolarla, hablando?

Se le ocurrió entonces que solo le gustaría consolarla de una manera... y el pensamiento se convirtió en acción de inmediato. Adam la apretó contra su pecho y deslizó las manos por su cuerpo.

Bridget se quedó inmóvil, con un brillo de vacilación en los ojos. ¿Estaba soñando otra vez? Y si no, ¿qué iba a hacer?

Adam descubrió que no podía parar, no podría hacerlo aunque quisiera.

Inclinó la cabeza para besarla, con la intención no solo de consolarla, sino de borrar ese brillo de miedo de sus ojos verdes, de demostrarle que era infinitamente deseable.

Bridget permaneció inmóvil durante unos segundos, pero luego pareció derretirse entre sus brazos, entreabriendo los labios.

No solo aceptaba el beso, sino que estaba devolviéndoselo. No se acordaba de los rasguños y los hematomas, no se acordaba de nada, como si fuera lo más natural del mundo abrir las piernas para recibirlo.

Y cuando un trueno volvió a retumbar sobre sus cabezas y los relámpagos iluminaban el pequeño cobertizo, llegaron al clímax juntos. Porque, como ambos pensarían después, ninguno de los dos había podido evitarlo.

Si alguien le hubiera dicho lo maravilloso que podía ser hacer el amor después de su triste experiencia, Bridget no lo habría creído. Jamás en su vida habría esperado algo así.

Adam acariciaba sus pechos, rozando los pezones con el pulgar y buscando con los dedos sus lugares más eróticos. Y como era tan tierno, tan delicado, el clímax le pareció tan diferente a lo que ella conocía que fue como una revelación.

Y saber que ella le daba el mismo placer la hizo experimentar una satisfacción y una alegría desconocidas.

Estaba a punto de decírselo cuando un relámpago iluminó el interior del cobertizo. El viejo *jarrah* que había en la puerta dejó de luchar contra los elementos y, con un crujido seco, golpeó la pared del cobertizo antes de deslizarse pendiente abajo.

Los dos se levantaron de un salto y Adam la envolvió en sus brazos. Pero, aunque todo retumbó y algunas cosas cayeron al suelo, el cobertizo aguantó el impacto.

–¿Cómo estás?

–Bien –contestó ella–. No me lo puedo creer. Quiero decir... ¿cómo estás tú?

Bridget vio un brillo en sus ojos que no pudo identificar.

–De maravilla –dijo Adam por fin–. Bridget...

–No –ella puso un dedo sobre sus labios–. No quiero que hablemos. Solo quiero seguir sintiéndome de maravilla.

–Vamos a ver si podemos dormir un rato. ¿Estás cómoda?

–Estoy muy bien –murmuró Bridget, cerrando los ojos.

Se quedaron dormidos uno en brazos del otro hasta que la primera luz del amanecer empezó a colarse por la ventana y oyeron las aspas de un helicóptero sobre sus cabezas.

–Bridget... –empezó a decir Adam.

Allí estaba, pensó ella, la despedida. El adiós en el que no había podido dejar de pensar desde que se despertó entre sus brazos.

Los dos llevaban un mono que les habían dado los del servicio de emergencias. El de Bridget era demasiado grande, pero era mejor subir a un helicóptero con un mono de color naranja que envuelta en una toalla.

Tuvieron que subir usando un arnés porque el suelo era demasiado resbaladizo para aterrizar. Por contraste, sin embargo, hacía un día soleado y el cielo era de un azul brillante, sin nubes. La tormenta de la noche anterior era como un mal sueño.

Adam y ella seguían sentados en el helicóptero, que había aterrizado en un camino de asfalto, y estaban esperando la ambulancia que llevaría a Bridget al hospital.

Ella no quería ir al hospital, pero Adam había insistido en que debían hacerle un chequeo después de la caída de la noche anterior. Afortunadamente, se había animado un poco al saber que la familia del coche que fue tragado por el torrente después del suyo había sido rescatada y todos estaban bien.

–Bridget –dijo Adam por segunda vez, tomando su mano–. Yo no soy hombre para ti y eso...

–¿No es culpa tuya? –lo interrumpió ella.

Adam hizo una mueca.

–Sé que es algo manido, pero es la verdad. No estoy hecho para ser el novio de nadie y como marido no te quiero ni contar.

–Yo no estoy de acuerdo, pero... en fin.

–Eres un encanto –Adam le apartó el pelo de la cara–. Pero lo de anoche solo fue... una de esas cosas.

Bridget lo pensó un momento. A ella le parecía como si estuvieran atados por una cuerda invisible, como si fuesen el uno del otro. ¿Podía estar tan equivocada?

Recordó cómo la había llevado al cobertizo, cómo le había salvado la vida...

Por la mañana, rieron mientras se ponían el mono del equipo de rescate, diciendo que era mejor que llevar una manta de caballo.

Habían usado un arnés para subir al helicóptero, algo que para Adam parecía una cosa habitual, y ella lo había abrazado porque tenía miedo.

Adam la besó cuando estaban a salvo en el interior del helicóptero y Bridget apoyó la cara en su hombro hasta que los erráticos latidos de su corazón volvieron a la normalidad. Se sentía a salvo porque estaba entre sus brazos.

–¿Alguna vez olvidarás a la mujer que te hizo tanto daño?

En sus ojos había un brillo de compasión que le dolió en el alma.

–Ya la he olvidado –dijo Adam–. En realidad, es por mi hermano... pero es mucho más que eso. Soy mayor que tú.

–Pero...

–En experiencia, en la vida que he vivido y en la cantidad de mujeres que he amado. Lo que tú necesitas es alguien que no tenga un pasado, alguien que pueda compartir contigo ese optimismo de cara al futuro.

–¿Y si no quisiera?

–Bridget, tú eres maravillosa en la cama. No dejes que ningún hombre te diga lo contrario. Debes ser selectiva y cuando conozcas a un hombre que no sea lo bastante bueno para ti, mándalo a la porra –Adam levantó una mano para secar sus lágrimas con el dedo–. Y, por cierto, yo soy uno de esos hombres.

–Pero a mí me encanta estar contigo –protestó Bridget.

–No... –él miró por la ventanilla un momento antes de volverse de nuevo–. Ha llegado su limusina, señora Smith. Es hora de decirse adiós. No, espera un momento... –Adam buscó en el bolsillo del asiento delantero hasta que encontró un papel y un lápiz–. Es mi número de teléfono. Si me necesitas para algo... o en caso de que haya consecuencias inesperadas, en este número siempre puedes dejarme un mensaje.

Bridget tomó el papel, pero no podía ver lo que había escrito porque tenía los ojos llenos de lágrimas. Y entonces se le ocurrió que había dos maneras de hacer aquello: despedirse entre lágrimas como una cría o...

–Y si tú me necesitas –le dijo, intentando controlarse–, ya sabes dónde encontrarme.

Se miraron a los ojos hasta que Adam dijo en voz baja:

–Vete, Bridget. Vete antes de que vivas para lamentarlo.

Varias horas después, Adam Beaumont entraba en el baño de su suite del hotel Marriott y se quitaba el mono naranja que había causado tanta sorpresa en el vestíbulo.

Después de darse una ducha rápida, se puso unos vaqueros y una camiseta y entró en el salón.

Pero, con la mano en el teléfono, se detuvo, pensando en Bridget. ¿Estaría en el hospital todavía o habría vuelto a su casa?

Le molestó no poder imaginarla en su casa porque no sabía dónde vivía. Y le preocupaba pensar que estaría sola. No solo después de aquella aventura tan peligrosa que habían vivido, sino después de su espontáneo encuentro amoroso.

¿Qué lo había poseído?, se preguntó.

Bridget no se parecía en nada a las mujeres con las que solía salir; chicas sofisticadas, capaces de cuidar de sí mismas y que sabían que él no tenía la menor intención de casarse.

En cuanto a por qué no tenía intención de casarse... ¿era solo porque después de la traición de Marie-Claire no pensaba arriesgarse de nuevo?

Bueno, también estaba la desilusión del matrimonio de sus padres, pero incluso eso, por doloroso que hubiera sido durante su infancia, no podía compararse con la incredulidad, el dolor, la rabia y el deseo de venganza que le había provocado quien ahora era su cuñada.

Curiosamente, no había pensado en ello hasta que una chica de pelo cobrizo y ojos verdes apareció en su vida. Pero le seguía doliendo y lo mejor sería olvidar esa pregunta.

Pero en cuanto a Bridget... ¿por qué lo había hecho?

¿Para consolarla? En cierto modo, sí. ¿Para demostrarle que su mala experiencia solo era culpa del hombre equivocado? También.

¿Por qué no había podido evitarlo?

Había sido una mezcla de esos ojos verdes, ese cuerpo tan joven, su simpatía, su sencillez, su naturalidad. Sí, todo eso. Y la admiración porque se había mostrado valiente en las peores circunstancias. Incluso la mentira sobre su marido, el señor Smith, lo había divertido.

Tal vez, si algún día decidiera casarse, Bridget Smith podría ser la chica que necesitaba, pensó entonces.

Adam miró por la ventana de la suite, pensativo. La señora Bridget Beaumont... no, absurdo, pensó. Él no quería comprometerse con ninguna mujer.

Después de organizar la recuperación de su Land Rover estaba a punto de dejar el teléfono sobre la mesa cuando pensó que había una cosa que podía hacer por Bridget Smith. Al menos, podía facilitarle la recuperación de sus cosas, aunque tal vez no la de su coche.

Bridget había tenido que llamar a un cerrajero para entrar en su apartamento, pero unos minutos después de salir de la ducha, un miembro del equipo de rescate llamó a la puerta para ofrecerle su bolso y su bolsa de viaje, que habían recuperado del coche.

Se sintió inmensamente agradecida, aunque las noticias sobre su coche no eran buenas. El pobre ya solo servía para venderlo por piezas.

Después de comprobar que no faltaba nada en su bolso se dejó caer en el sofá, agotada de repente.

Su apartamento era pequeño, pero muy cómodo: dos dormitorios, un salón con comedor, cocina y una bonita terraza en la segunda planta de un moderno edificio de dos pisos en un tranquilo barrio cerca de la playa.

Aunque podría haberlo comprado porque su padre le había dejado una considerable cantidad de dinero en el testamento, Bridget había decidido invertirlo por si acaso algún día lo necesitaba.

Y había puesto mucho esfuerzo y cariño en la decoración de ese apartamento.

Todo muy fresco, que era lo normal en una zona tan calurosa como la Costa Dorada, de clima subtropical, pero también había toques de amarillo y rosa.

Bridget había colocado unos crisantemos amarillos en un jarrón de peltre que le había regalado su madre, que vivía en Indonesia, y sobre el sofá había cojines de color rosa. Incluso la lámpara tenía una pantalla de color fucsia.

Tenía algunos de sus cuadros colgados en las paredes. Cuadros de flores, orquídeas, plumerillas e hibisco. A pesar de haberle dicho a Adam que no era una gran pintora, Bridget había llevado sus cuadros a un concurso local y el dueño de una empresa de diseño de interiores especializado en hoteles y oficinas le había comprado seis. Y había dicho que le compraría más si los tenía terminados, aunque se repitiera.

Por el momento, no había hecho ninguno más. No sabía si le gustaba que sus cuadros estuvieran en las paredes de hoteles y oficinas. ¿La convertía eso en una verdadera artista o en alguien que hacía cosas comerciales?

Pero ahora, mirando alrededor, artista o comercial, no podía pensar en cuadros. ¿Cómo iba a hacerlo cuando acababa de tener la experiencia más maravillosa de su vida?

Pero al pensar en Adam tuvo que reconocer que era un hombre amargado con las mujeres. Él mismo le había dicho que no quería saber nada de compromisos, de modo que no debería ser una sorpresa que se hubieran despedido para siempre.

Y, sin embargo, le dolía, pensó, apartando una ridícula lágrima. Porque la intimidad con Adam había sido una revelación para ella.

Y, tontamente, había querido creer que a Adam

le pasaba lo mismo. ¿Qué le quedaba de él?, se preguntó entonces.

¿Un recuerdo que guardaría para siempre como una rosa marchita entre las páginas de un libro? ¿Un bonito recuerdo o un torrente de incredulidad y rabia? ¿Cómo podía Adam hacerle el amor de ese modo, de una forma que ella no olvidaría nunca, para luego decirle adiós tranquilamente?

# Capítulo 3

QUIÉN es...? –Bridget Tully-Smith tenía un periódico en la mano y estaba mirando la fotografía de un hombre en la primera página–. No me lo puedo creer...

Julia Nixon, colega y amiga, clavó sus tacones rojos en la moqueta de la sala de redacción y se acercó a su mesa para mirar la fotografía.

–¿Qué parte de Adam Beaumont no te crees?

–¡Pero no puede ser Adam Beaumont!

–Pues lo es –dijo Julia–. En toda su gloria, además... ¿Por qué no puede serlo?

Ella dejó el periódico sobre la mesa y miró a su amiga.

–Porque lo conozco –Bridget pensó entonces que ese «lo conozco» no podía explicar lo que había ocurrido entre ellos tres semanas antes.

–¿Y qué?

–Que no es... no puede ser parte del imperio Beaumont.

–Y guapísimo, además –dijo Julia, mirando la fotografía–. ¿Ha ocupado ya el puesto de su hermano, Henry Beaumont?

Bridget miró el artículo que acompañaba la fotografía.

–Hay rumores, pero aún no se sabe nada. Un momento, ¿tú cómo sabes eso?

–La alta sociedad es mi departamento, cariño –le recordó Julia–. Te asombrarías de cuántos rumores escucho sobre los ricos y famosos cuando voy a una fiesta –añadió, estudiando sus uñas rojas con una expresión que Bridget no pudo descifrar.

Julia tenía más de treinta años y era una periodista veterana que solía usar trajes de chaqueta gris y zapatos de tacón. Era muy atractiva, aunque un poco cínica. No estaba casada pero, según los rumores, había tenido muchos amantes famosos.

–Por ejemplo –siguió Julia–, dicen que Adam Beaumont no se habla con su familia. Desde luego, él ha hecho su propia fortuna en la construcción, nada que ver con las minas de su familia. Y también hay rumores sobre una pelea entre Adam y su hermano, Henry, de modo que no me sorprendería que Adam hubiera encontrado la manera de vengarse.

Bridget se quedó boquiabierta.

–¿Qué?

–Y tampoco me sorprendería –siguió su colega– que lo hiciera mejor que su hermano. Adam Beaumont es un tipo que está tan a gusto en un consejo de administración como en un dormitorio... es sexy como el demonio. ¿Dónde lo conociste? Y tiene que ser él, esa cara no se confunde con otra.

Bridget miró de nuevo la fotografía del periódico y pensó que tenía razón.

–Durante una tormenta, intentando rescatar a una familia cuyo coche había sido arrastrado por el agua.

Julia la miró de arriba abajo, desde el pelo corto cobrizo a la blusa de seda blanca, los pantalones color caqui y los zapatos de ante.

–Pues yo diría que fue una suerte.

–Sí, así fue –Bridget hizo una mueca–. ¿De verdad es un playboy como dicen aquí?

–Ha salido con algunas de las mujeres más guapas del país, pero ninguna de ella ha conseguido cazarlo.

Julia se volvió entonces hacia su mesa para contestar al teléfono y Bridget pensó que el comportamiento de su compañera era un poco extraño. Pero no podría decir por qué, de modo que volvió a concentrarse en la fotografía del periódico.

Adam Beaumont tenía treinta y un años y era guapísimo. En la fotografía llevaba un traje de chaqueta y, como estaba caminando, el faldón de la chaqueta parecía volar hacia atrás.

A pesar de que estaba empapado y sin afeitar durante esa tempestuosa noche, las dos cosas que ella recordaría siempre seguían allí: el mismo físico alto y atlético bajo el traje de chaqueta, los mismos ojos azules, tan penetrantes.

Pero, por el momento, tendría que dejar de pensar en Adam Beaumont, al que ella había conocido simplemente como Adam. Faltaba una hora para el boletín de noticias de las seis y tenía que ponerse a trabajar.

Bridget oyó que la llamaban desde varias direcciones, con la tensión habitual del momento y, tras doblar el periódico, tomó su cuaderno y se lanzó a la batalla.


Cuando llegó a casa, se hizo una taza de té y volvió a mirar el periódico, preguntándose qué sabía ella de los Beaumont.

Lo que sabía la mayoría de la gente, pensó: que eran multimillonarios. El abuelo de Adam y Henry era un minero que buscaba cobre pero encontró níquel y el resto, como se solía decir, era historia.

Lo que ella no sabía era que hubiese una pelea familiar hasta que Julia lo mencionó. Bueno, sí lo sabía porque Adam le había contado lo que pasó con su hermano.

Y entonces se le ocurrió que Adam no había querido decirle quién era porque, evidentemente, quería protegerse.

Eso debería ser suficiente para matar cualquier sentimiento por él, pensó. Durante esas tres semanas, los rasguños y los hematomas habían desaparecido, pero Adam no se había borrado de su mente. Y si él sabía que no podía haber nada entre ellos, ¿por qué le había hecho el amor?

Por supuesto, ella había estado encantada de participar, pero ella no tenía grabado a fuego que no podía haber nada entre los dos.

Además, durante esas tres semanas se había sentido sola, triste, como si le faltara algo. No podía creer que echase tanto de menos a alguien con quien solo había pasado unas horas, pero así era.

Bridget volvió a leer el artículo, pero eran simples especulaciones sobre la posibilidad de que Adam ocupara el sitio de su hermano en el consejo de administración de la empresa familiar. También detallaba los logros de Adam Beaumont fuera del campo de la minería y eran impresionantes. Evidentemente, era multimillonario gracias a su inteligencia y a su trabajo, no a la influencia de su familia.

¿Pero sobre qué trataba el artículo en realidad?

Decía que Adam no era accionista de la empresa Beaumont mientras que Henry sí lo era.

Cuando volvió a mirar la foto de Adam, se le encogió el corazón. Era como volver a estar en el cobertizo, entre sus brazos.

Qué pena que no hubiese futuro para ellos, pensó, secando una solitaria lágrima. Su encuentro con él había despertado un vacío en su interior del que no era capaz de librarse. Y un extraño eco que no podía identificar.

Por supuesto, también estaba el miedo de haberse quedado embarazada, algo en lo que no dejaba de pensar. Había sido tan irresponsable esa noche... tal vez porque había temido morir aplastada bajo las ramas y las piedras.

Estadísticamente, había decidido, las posibilidades de quedar embarazada eran muy pocas. Aunque era lo bastante realista como para saber que una no siempre podía fiarse de la estadística.

Pero que no le hubiese dicho su verdadera identidad la hacía sentirse como una buscavidas. Lo cual era absurdo porque ella no sabía quién era.

Quizá Adam había pensado que lo era...

Eso la enfadó. Tal vez muchas mujeres intentaban «cazarlo», como había dicho Julia, y Adam tomaba precauciones. Tal vez a eso era debido su cinismo sobre las mujeres.

Suspirando, Bridget cerró el periódico para no ver la foto e intentó concentrarse en el fin de semana. Iba a pasarlo con un grupo de niños discapacitados y no iba a pensar en Adam Beaumont. Y la regla le llegaría cuando tenía que llegarle, el domingo o el lunes.

Pero no llegó y el domingo siguiente tampoco había llegado.

Sería justo decir que Bridget había esperado hasta el último momento, pero cuando la prueba casera de embarazo dio positivo, tuvo que enfrentarse a la realidad.

Estaba embarazada después de una noche con un hombre al que no conocía de nada, un hombre que le había ocultado su identidad y que le había dejado claro que no estaba buscando pareja.

Era una situación deprimente.

Dos días después de descubrir que estaba embarazada hubo una crisis en la sala de redacción.

Megan Winslow, que iba a dar las noticias sola porque su compañero, Peter Haliday, tenía la gripe, se desmayó media hora antes de que empezase la emisión.

En medio del caos, Bridget fue elegida para reemplazarla. Debería haber sido Julia, que era la más veterana, pero era su día libre.

Había varias razones para elegir a Bridget, según el jefe de redacción: hablaba bien, tenía una bonita voz, bien modulada, y el *autocue* le resultaba familiar porque a veces había tenido que dar la información meteorológica.

–Hay que buscar una chaqueta más elegante –estaba diciendo la productora–. ¡Maquillaje!

Fue un milagro que Bridget pudiese hablar, considerando el nerviosismo que reinaba en la sala y el suyo propio. Pero ella aún no se había hecho a la idea de que estaba embarazada... y de Adam Beaumont ni más ni menos. Si alguien debía desmayarse, era ella.

Afortunadamente, consiguió leer el *autocue* casi sin problemas y sin saber quién estaría viendo esa emisión.


Adam Beaumont abrió la puerta de su suite en el hotel Marriott y tiró la tarjeta sobre la mesa del vestíbulo antes de quitarse la chaqueta y la corbata.

La vista desde los ventanales era fabulosa. Surfers Paradise estaba ante él, con una luna plateada colgando sobre el océano Pacífico.

Pero él apenas se fijó mientras atravesaba el salón para ponerse una cerveza en el bar. Había estado fuera del país durante unos días y estaba agotado e irritado.

Uno de sus ayudantes había ido a buscarlo al aeropuerto para hablarle del artículo que había publicado uno de los periódicos más importantes del país sobre una supuesta inquietud en el consejo de administración de la empresa Beaumont.

¿De dónde había salido eso?, le había preguntado a su ayudante. Pero no había recibido una respuesta satisfactoria.

El consejo de administración de la empresa Beaumont... pensar en esa gente lo ponía furioso. Pero él no había hecho nada para que circulase ese rumor.

Adam dejó la cerveza sobre el bar y buscó el mando de la televisión antes de dejarse caer sobre el sofá. Estaba curioseando entre los canales cuando se incorporó de un salto, sorprendido al ver a Bridget dando las noticias.

Llevaba una elegante chaqueta gris y su pelo cobrizo seguía siendo corto, pero lo llevaba bien peinado. El maquillaje destacaba el verde de sus ojos y tenía los labios pintados.

En otras palabras, estaba guapísima. ¿Pero qué hacía dando las noticias?


Bridget hizo una pausa antes de seguir con el siguiente tema y, precisamente, vaciló al pronunciar el apellido Beaumont. Pero enseguida se tranquilizó y siguió hablando de los rumores sobre la posibilidad de que Henry Beaumont estuviera a punto de ser relevado de su cargo por su hermano en una amarga lucha fratricida.

Fue el último tema antes de los anuncios y, como

habían acordado para evitar confusión a los teles-
pectadores, Bridget dijo:

—Soy Bridget Tully-Smith, ocupando el sitio de
Megan Winslow por esta noche. No se vayan, vol-
vemos dentro de unos minutos.

Adam Beaumont se quedó mirando la pantalla,
atónito, mucho tiempo después de que ella hubiera
desaparecido.

Bridget Tully-Smith... eso no se lo había dicho.
Aunque sí había mencionado que su padre era pe-
riodista, de modo que su padre debía de ser Graham
Tully-Smith, famoso periodista de investigación.

Y ella era la única persona a quien le había contado que quería vengarse de Henry.

¿Habría alguna conexión entre esos rumores y
Bridget?

Bridget estaba agotada cuando llegó a casa.

Aunque todo el mundo le había dado la enhorabuena por haberlo hecho tan bien con tan poco
tiempo para prepararse, dar las noticias en directo
no había sido fácil. Y, además, había tenido que hablar de la familia Beaumont.

Hablar de él había hecho que recordase esa noche,
el cobertizo, la tormenta. Pero, además, Adam Beaumont era el centro de sus problemas en ese momento.

Antes de irse a la cama recibió una llamada de
Sally, una de las secretarias de la cadena, para decirle que Adam Beaumont quería ponerse en contacto con ella.

–¿Para qué? –preguntó Bridget, incrédula.

–No lo sé, no me lo ha dicho. Además, no ha llamado él personalmente, ha llamado un ayudante. ¿Lo conoces?

–Pues... sí, nos conocemos.

–Bueno, a lo mejor quiere darte la enhorabuena.

–Lo dudo –murmuró Bridget–. Pero prefiero no hablar con él.

–Como quieras. Aunque, personalmente, yo nunca le diría que no a Adam Beaumont –dijo Sally–. Le diré que no aceptas llamadas personales.

Bridget colgó el teléfono, incrédula.

¿Por qué quería ponerse en contacto con ella?, se preguntó. Debía de tener algo que ver con la noticia que había dado esa noche. No podía haber otra razón.

Pero ella ni siquiera había redactado la noticia, se había limitado a leerla.

Y había varias razones por las que no quería hablar con Adam. Aún no. El pánico era una de ellas. ¿Cómo iba a decirle que estaba embarazada? ¿Cómo reaccionaría él?

Ni siquiera estaba segura de su propia reacción ante la noticia.

Apenas pegó ojo en toda la noche, pero no se le ocurrió pensar que Adam Beaumont no aceptaría una negativa.


A la mañana siguiente era sábado y no tenía que ir a trabajar, de modo que estaba paseando por la playa en Surfers, respirando el aroma a sal y esperando que eso le aclarase un poco las ideas.

Las gaviotas sobrevolaban el mar buscando algo de comer y las olas golpeaban suavemente la arena. Era un día soleado y había muchas familias con niños pequeños.

Bridget se sentó sobre una duna para mirarlos. Había niños muy pequeños, bebés, otros que ya correteaban por la arena... y un par de mujeres embarazadas. Se le ocurrió entonces que nunca se había imaginado a sí misma embarazada.

De nuevo, fue consciente de ese extraño eco que había detectado desde que se despidió de Adam y, por primera vez, pensó que a partir de aquel momento sería responsable de otra persona. Si las cosas iban como deberían, su abdomen crecería como el de las mujeres embarazadas que había frente a ella y, nueve meses más tarde, una nueva vida llegaría al mundo.

¿Pero y su vida durante ese tiempo?

¿Un padre a regañadientes sería mejor que no tener padre para su hijo? ¿Estaría mejor siendo madre soltera?

¿Cómo iba a cuidar de su hijo teniendo que trabajar?, se preguntó luego.

Fue entonces cuando alguien le dio un golpecito en el hombro.

—¿Sí? —murmuró, distraída.

No entendía qué hacía en la playa un hombre de mediana edad con un elegante traje de chaqueta.

—¿Señorita Tully-Smith? ¿Bridget Tully-Smith?

–Sí, soy yo. ¿Quién es usted?

–El señor Beaumont quiere hablar con usted. Adam Beaumont –contestó el hombre–. Yo soy Peter Clarke, trabajo para él. La he visto salir de su casa, pero tenía que aparcar el coche...

–Por favor, dígale al señor Beaumont que no tengo nada que decirle por el momento –lo interrumpió Bridget–. Y, por favor, dígale también que no me gusta que me sigan.

Después de decir eso, se levantó para volver a su casa, con el corazón encogido.


Se había calmado un poco cuando llegó a casa, convencida de que Adam no volvería a molestarla.

Ah, qué error.

A las doce sonó el timbre y cuando abrió la puerta, se encontró con Adam Beaumont en el rellano.

–¡Tú! –exclamó–. No quiero hablar contigo...

–Bridget...

–Si entras, me pondré a gritar –le advirtió ella.

–Grita todo lo que quieras, no pienso irme de aquí. Pero no voy a hacerte nada, no te preocupes. Puedes llamar a la policía si quieres, solo vengo a decirte esto: cuanto más huyes de mí, señora Smith, más culpable pareces.

Eso la dejó inmóvil, mirándolo con los ojos como platos.

Llevaba el mismo traje de la fotografía, de raya diplomática azul con chaleco a juego, una camisa azul claro y una corbata con estampado en tonos corinto.

Su pelo oscuro también era el mismo y los mismos hombros anchos bajo el traje, las mismas piernas largas, los mismos ojos azules. Pero aquel día esos ojos la miraban con expresión acusadora e insolente.

–¿Culpable de qué? –exclamó–. ¡Yo no he hecho nada!

–No me dijiste tu nombre completo, por ejemplo.

–No suelo hacerlo porque la gente me pregunta si soy hija de...

–¿Graham Tully-Smith, el famoso periodista de investigación? Pero hay algo más, ¿no? Según tú, trabajabas en la sala de redacción de una cadena de televisión, pero ahora resulta que das las noticias y precisamente das una que alguien te contó durante una noche de tormenta en Numinbah, ¿verdad?

–¿Qué quieres decir?

–Bridget, tú eres la única persona a la que le he hablado de los problemas que tengo con mi hermano. Pero ahora parece ser de dominio público.

Bridget llevó aire a sus pulmones.

–Yo no se lo conté a nadie. Además, soy una de las periodistas más nuevas de la cadena...

Adam levantó una ceja, incrédulo.

–¿Y por eso das las noticias?

–No, no, lo de ayer fue un accidente. La presentadora que tenía que hacerlo se desmayó... –Bridget dejó escapar un suspiro–. Dar las noticias no tiene nada que ver con redactarlas, te lo aseguro.

–¿Ah, sí? ¿Estás segura de que no se lo contaste a nadie que tal vez hubiera podido usar esa información?

–Estoy absolutamente segura, no se lo conté a nadie. Pero todo el mundo lo sabía cuando llegué a la sala de redacción el otro día. Estaba en el periódico. Una colega incluso me dijo que estabas deseando atacar a tu hermano, pero hasta ese momento yo no sabía quién eras...

Bridget cerró los ojos entonces y tuvo que apoyarse en el quicio de la puerta.

–¿Te encuentras bien?

–Sí... sí, es que me he mareado un poco. Pero pasa, por favor, será mejor que hablemos dentro.

–¿Tienes idea de los problemas que pueden causar esos rumores? Los accionistas de Beaumont están preocupados...

–Yo no tengo nada que ver con eso, Adam. Sencillamente tuve que leer las noticias, pero yo no sabía nada –lo interrumpió Bridget–. ¿Has tomado tú en consideración a esos accionistas? Tú mismo me dijiste que solo era una cuestión de tiempo que encontrases la manera de vengarte de tu hermano.

–Sí, lo sé. Pero no la he encontrado, es un poco complicado. Por eso necesito saber cómo han empezado esos rumores.

Adam miró entonces a su alrededor. Era un bonito apartamento, sencillo, decorado por Bridget seguramente. Y, por alguna razón, le recordaba al placer de hacerle el amor.

De hecho, debía confesar que el recuerdo de esa noche lo había perseguido en los momentos más inapropiados...

Como aquél, por ejemplo. Podía recordar ese

cuerpo esbelto entre sus brazos, casi podía sentir el roce de su piel y sentir cómo él respondía.

Entonces se dio cuenta de que Bridget estaba mirándolo casi como si pudiera leerle el pensamiento y notó que se había puesto colorada.

Adam apartó la mirada bruscamente pero se le pasó por la cabeza la conexión que habían hecho esa noche, cuatro semanas antes. Por supuesto, las circunstancias habían contribuido a que fuese una ocasión memorable, pero...

–Si voy a llegar al fondo de esto necesito que me digas la verdad, Bridget.

–Yo no tengo nada que ver –dijo ella.

Adam frunció el ceño.

–¿Entonces por qué no querías hablar conmigo?

Bridget tragó saliva. ¿Cómo iba a decirle a aquel extraño que pensaba lo peor de ella que estaba esperando un hijo suyo? Le había parecido difícil decírselo al Adam que conocía, pero a aquel hombre...

–Si no recuerdo mal, me dijiste que lo mejor sería que no volviéramos a vernos –respondió por fin.

Él la miró, escéptico. Pero fue ese escepticismo lo que enfadó a Bridget de verdad.

–¡Y si crees que conté tus secretos porque estaba enfadada contigo te equivocas, Adam Beaumont! Así que ya puedes marcharte cuando quieras.

Él dejó escapar un suspiro.

–¿Sigues teniendo mi número de teléfono?

Sorprendida, Bridget asintió con la cabeza.

–Si se te ocurre cómo puede haber empezado a

circular ese rumor, llámame. Mientras tanto, te pido disculpas por haber pensado mal de ti.

–¿Pero sigues sin estar convencido?

Adam se encogió de hombros antes de salir del apartamento y cerrar la puerta.

Todo aquello era tan irreal que no podía creer que le estuviera pasando a ella. No parecía haber una relación entre lo que había ocurrido esa noche, en Numinbah, y lo que estaba ocurriendo en aquel momento. Era como si le ocurriese a otra persona.

En realidad, era como si hubiera dos Adam Beaumont, el hombre con el que se había sentido a salvo, el hombre con el que le había gustado tanto hacer el amor, y aquel extraño que acababa de salir de su apartamento.

Y, sin embargo, por un momento le había parecido ver al antiguo Adam. Un momento en el que la miraba fijamente y podría haber jurado que estaba recordando esa noche, cuando estaban uno en brazos del otro.

Bridget se pasó una mano por el brazo, nerviosa, recordando sus caricias, sus besos, cómo sus curvas se amoldaban al cuerpo masculino. Pero ese momento había durado muy poco. Y tal vez se había equivocado.

En cuanto al niño... Bridget se mordió los labios. ¿Qué iba a hacer?

# Capítulo 4

ADAM Beaumont conducía con gesto preocupado. Había algo en Bridget Tully-Smith
que no podía descifrar, algo que lo tenía
sorprendido.

Había decidido ir a verla porque estaba convencido de que ella debía de ser la fuente de los rumores sobre la inestabilidad en el consejo de Beaumont
que estaban desestabilizando el mundo financiero.
Y estaba furioso consigo mismo por dejar que una
cría lo acorralase.

Él no había creído que iba a morir esa noche,
pensó con ironía, aunque Bridget lo hubiese pensado.

¿Pero si no había sido ella, quién había sido?


Adam aparcó su BMW bajo un rascacielos en
Narrowneck y tomó el ascensor hasta el ático, donde
residía su tío Julius.

Con noventa años, Julius Beaumont, el hermano
menor de su abuelo, estaba confinado en una silla
de ruedas, pero seguía teniendo la cabeza tan bien

ordenada como siempre y, a veces, una lengua de doble filo.

Las cortinas de terciopelo rojo estaban echadas y las lámparas encendidas, iluminando los muebles bien encerados. El edificio era moderno, pero Julius Beaumont estaba rodeado de antigüedades. Incluso su batín de terciopelo azul era de otra época.

Y su gran pasión en la vida adornaba las paredes: cuadros de caballos.

Julius levantó su cabeza blanca cuando Adam entró en el salón.

—Bienvenido, hijo. ¿Qué demonios está pasando?

—No tengo ni idea, tío Julius. ¿Cómo estás?

—Tan bien como cabría esperar. Sírvete una copa y sírveme a mí otra —dijo su tío, señalando el bar con una mano de aspecto frágil.

Adam sirvió dos whiskys de malta y le dio un vaso antes de sentarse en un sillón.

—¿Entonces no has decidido tomar al toro por los cuernos y echar a Henry del consejo?

—No.

—¿Entonces quién? ¿Y por qué?

Adam tomó un sorbo de whisky.

—No tengo ni idea. Podría ser que los accionistas estén inquietos por la situación internacional, pero yo no he hecho nada.

—Tú sabes que yo nunca me he metido demasiado en los asuntos de la empresa Beaumont. Era el juguete de Samuel, no el mío. Pero sí tengo un interesante paquete de acciones.

—¿Por qué nunca quisiste un puesto en el consejo?

–Tu padre ocupó el sitio de Sam, Henry ocupó el de Kevin cuando murió después de muchos excesos... todo estaba decidido de antemano. ¿Se te ha ocurrido pensar alguna vez que tienes suerte, por cierto?

Adam sonrió.

–Frecuentemente. Pero no sé bien a qué te refieres.

–Kevin y Henry han sufrido el síndrome del padre rico –dijo Julius–. Todo les ha sido regalado y de ese modo uno no se forja una personalidad. Pero como se unieron para alejarte de Beaumont, tú demostraste lo que valías por ti mismo. Y te vino muy bien –su tío suspiró–. ¿Sabes una cosa? Estoy pensando en dejarlo todo.

–¿A qué te refieres? A vender tus acciones, supongo.

Julius golpeó el brazo del sillón.

–El resto de mi vida no es muy divertido y cuando llega tu hora no se puede hacer nada. Pero aún hay algo que me gustaría ver antes de morir: quiero que sientes la cabeza, Adam.

–Ya estoy asentado.

–Pero sigues soltero.

Él se encogió de hombros.

–Gracias, pero aún me quedan un par de buenos años en la manga.

–No deberías seguir pensando en Marie-Claire, la mujer de tu hermano –le espetó Julius entonces.

Adam dejó su copa sobre la mesa.

–Tío Julius, no sigas por ahí.

–¡No puedes detenerme! –Julius tenía los ojos azules de la familia Beaumont, viejos y enfermos ya, pero por un momento echaban fuego–. Yo nunca me casé, pero lo sé todo sobre ciertas mujeres... esas que te dejan sin aliento con solo mirarlas. Es por una de ellas por lo que nunca me casé. No se lo he contado a nadie y espero que no lo repitas.

–No lo haré. ¿Esa mujer te rompió el corazón?

–Estuvo a punto de hacerlo –murmuró su tío–. Pero no son mujeres para casarse. Esa mujer de mi pasado se casó tres veces y se divorció otras tres. Marie-Claire se ha casado con Henry y le ha dado dos hijos, aunque... –Julius no terminó la frase.

Adam frunció el ceño y esperó, preguntándose qué había querido decir. Y cuando su tío no siguió, dejó escapar un suspiro.

–Me estoy cansando de hablar de esto.

–Si me demuestras que Marie-Claire es el pasado, te daré mis acciones de Beaumont.

–¿Qué?

–De ese modo, si hay intranquilidad entre los accionistas... y no me sorprendería porque Henry es un tonto, entre los dos tendríamos todo el poder.

Adam Beaumont se encontró mirando no a su tío abuelo, sino un magnífico reloj de pared que lo había fascinado desde que era niño. El largo péndulo dorado se movía a un lado y a otro bajo la tapa de cristal...

–¿Por qué ibas a hacer eso? –le preguntó por fin.

–Quiero que Beaumont recupere su antigua gloria, por mi hermano Samuel. Y no quiero que tú si-

gas solo toda tu vida, como yo, un solterón empe-
dernido, hasta que te encuentres en una silla de ruedas, sin nadie más que los empleados que cuiden de
ti.

–Tío Julius, eso es una exageración.

–Bueno, tal vez lo sea, pero tú siempre has sido
un sobrino cariñoso y no tengo hijos a los que dejarles mi herencia. ¿Qué te parece?

–¿Cómo voy a demostrarte que he olvidado a
Marie-Claire? –exclamó Adam.

–¡Casándote!

–No puedo casarme así de repente.

–No me sorprendería que tuvieras cuatro o cinco
novias por ahí. Pero te diré una cosa: lo que necesitas es una buena chica. Esas son las que no te rom-
pen el corazón.

–Aunque encontrase «una buena chica» –repitió
Adam, irónico–, tardaría tiempo en casarme con ella
y no estoy diciendo que vaya a hacerlo.

–Faltan seis meses para la próxima reunión del
consejo de administración... a menos que fuercen
una reunión antes de lo previsto.

Adam se levantó.

–Lo siento, tengo que irme. Pero vendré a cenar
contigo el jueves.

–¿Entonces lo pensarás? –le preguntó Julius.

–No es que no me sienta agradecido, pero si alguna vez llego a presidente del consejo de Beaumont,
quiero hacerlo por mí mismo. No quiero heredarlo.

Julius sacudió la cabeza mientras su sobrino salía
del salón.

–Igual que su padre –murmuró–. Testarudo como una mula, pero tiene potencial.

Adam fue a la cocina para hablar con Mervyn, que hacía las veces de ama de llaves y mayordomo en la casa y era un empleado devoto. Además, tenía entrenamiento en primeros auxilios.

–¿Cómo está? –le preguntó, tomando un trozo de jamón de una bandeja.

El mayordomo apartó la bandeja, como solía hacer cuando era niño.

–Estamos regular –respondió. Mervyn a menudo usaba el plural para hablar de su jefe–. El médico vino ayer, pero no creía que llevarlo al hospital sirviese de nada, al contrario. Pensó que eso empeoraría la situación, pero yo lo vigilo de cerca.

–Menos mal –dijo Adam–. No sé cómo darte las gracias por lo bien que cuidas a mi tío. Ah, por cierto, vendré a cenar el jueves.

–Y tu tío estará encantado.

Adam salió de la casa más preocupado que cuando entró. ¿Estaría su tío al borde de la muerte?, se preguntaba. ¿Se mostraba tan preocupado por su futuro porque sabía que ya no le quedaba tiempo?

Curiosamente, en su mente había aparecido una imagen de sí mismo solo, sin hijos a los que dejarles su herencia. Y no era una imagen agradable. ¿Pero casarse para llegar a la presidencia de Beaumont?

No era tan sencillo, pensó, recordando el comentario de su tío sobre lo afortunado que era. Sí, había tenido suerte, era cierto, pero crecer con un hermano que era el favorito de su padre no había sido precisamente fácil. Y menos aún cuando su abuelo decidió favorecerlo a él en lugar de a Henry. Por alguna razón, eso enfurecía a su padre... o tal vez no había ningún misterio.

Siempre había habido una gran tensión entre su abuelo y su padre, pero fuera cual fuera la razón no había nada raro en la preferencia de Kevin por Henry. Incluso se parecían físicamente, mientras que Adam se parecía a Samuel y tenían los mismos intereses.

Aunque las cosas no terminaban ahí. Grace Beaumont, la esposa de Kevin y su madre, detestaba la indiferencia que su marido mostraba por su segundo hijo y eso había afectado gravemente a su relación de pareja. En realidad, habían terminado siendo casi unos extraños.

Si algún día tenía hijos, pensó entonces, nunca favorecería a unos sobre otros. Nunca haría que no se sintieran queridos.

En cuanto al matrimonio, ¿era suficiente casarse con una buena chica para no terminar solo?

No sabía por qué, pero, de repente, pensó en Bridget Tully-Smith. Le había parecido una buena chica esa noche, durante la tormenta, pero ahora...

La madre de Bridget llamó esa noche y cuando le preguntó si le ocurría algo estuvo a punto de contarle que estaba embarazada de Adam Beaumont... un hombre que era un extraño para ella. El embarazo había ocurrido en unas circunstancias asombrosas, desde luego, pero eso no la absolvía. Se había comportado de manera irresponsable y lo sabía muy bien. Y, además, Adam sospechaba de ella.

Pero el sentido común prevaleció. Esa noticia disgustaría a su madre y Bridget no quería disgustarla. Además, de saberlo iría corriendo desde Indonesia y no quería que lo hiciera.

No era raro que una mujer se quedase embarazada sin tener pareja, pero la verdad era que ella no conocía a nadie. Además, su madre era de otra generación. Mary había sufrido mucho tras la muerte de su padre y cuando se enamoró de nuevo apenas lo podía creer.

Bridget había tenido que convencerla para que creyera en ese nuevo amor y para que no se sintiera culpable por dejarla sola en Australia. El nuevo marido de su madre, Richard Baxter, era un profesor que había aceptado un puesto temporal en la Universidad de Yakarta.

Richard tenía dos hijos, un chico y una chica, de un matrimonio anterior, y era el compañero perfecto para su madre. Cuidaba de ella y tenían mucho en común.

Y lo último que Bridget quería era estropear esa relación.

Por eso le aseguró a su madre que estaba bien antes de colgar. Pero después, sola en su apartamento, comprendió que no estaba bien. Tenía ante sí todo tipo de dilemas morales y éticos.

Seguramente aquél era el momento de hacerse

mayor, pensó. Primero tenía que creerlo y dejar de culparse a sí misma por algo que ya no podía remediar. Estaba hecho y lo importante era tomar decisiones sensatas.

Entonces recordó a Adam, el hombre sin afeitar al que había conocido esa noche, el que le había salvado la vida durante la tormenta y cuyas caricias habían sido una revelación.

¿Cómo no iba a querer un hijo suyo? No quererlo sería como negar algo perfecto...

Bridget tragó saliva. Esa perfección se había roto, pensó. Adam no confiaba en ella y no había ninguna indicación de que le importase lo más mínimo.

Suspirando, se levantó para tomar un vaso de agua. Si decidía tener el niño debería aceptar que iba a criarlo sola. Aunque le contase a Adam Beaumont que estaba esperando un hijo suyo, eso no llevaría necesariamente al matrimonio. Por supuesto, no podía creer que él no fuera a ofrecerle algún tipo de apoyo.

Y si no se lo contaba... bueno, eso tendría que pensarlo muy bien. En cierto modo sería lo mejor, pero... ¿criar un hijo sin su padre? ¿Qué sentiría el niño?

Bridget salió a la terraza para mirar el cielo, las luces de la calle, el jardín que protegía el edificio de la carretera, los coches, el pavimento mojado porque había lloviznado por la tarde. Pero en realidad no veía nada de eso, tan pensativa estaba.

Tenía algo muy claro: fuera cual fuera su decisión, no pensaba quedar como la mala de la película.

La frase podía ser vulgar, pero aclaraba muchas cosas para ella. Pasara lo que pasara con el niño y hubiera o no un futuro con Adam Beaumont, debía dejarle bien claro que ella no tenía nada que ver con los rumores.

Era muy importante porque afectaba a la opinión de Adam sobre ella y a la opinión que tenía sobre sí misma. Cuando apareció en su casa, se había puesto tan nerviosa que fue incapaz de mostrarse firme, pero lo haría.

¿Cómo?

Por el momento no se le ocurría nada, pero en medio de la noche, Bridget se incorporó en la cama.

Julia.

¿Por qué no empezar por ella? Julia parecía saber mucho sobre los Beaumont y tal vez podría al menos indicarle la dirección más adecuada...


–¿Te marchas a algún sitio? –le preguntó Julia el lunes por la mañana, en la aburrida cafetería de la cadena de televisión.

–¿Cómo?

–¿No tienes tres semanas de vacaciones a partir de mañana?

Bridget lo había olvidado por completo. Pero era un respiro más que bienvenido en ese momento.

–Sí... no. Quiero decir... sé que tengo vacaciones, pero no me voy a ningún sitio. Había pensado quedarme... haciendo cerámica.

–¿Te encuentras bien? –le preguntó Julia, frunciendo el ceño.

–Sí, estoy bien –mintió Bridget–. Oye, cuéntame algo más sobre los Beaumont.

–¿Por qué?

–Simple interés. Parece que es un tema del que se habla mucho últimamente.

Julia cortó su magdalena por la mitad antes de responder:

–Estaban destinados a enfrentarse tarde o temprano. Henry era el favorito de su padre, pero ni Kevin ni él contaban con la aprobación de Samuel Beaumont, el abuelo. Él fue el fundador de la empresa, ya sabes. Y mientras no aprobaba a su hijo ni a su nieto mayor, sí aprobaba a Adam y empezaba a verlo como su heredero natural. Pero Samuel murió inesperadamente y Adam empezó a ser relegado poco a poco. Solo tenía veinte años cuando su abuelo murió.

–Comprendo –murmuró Bridget–. Me imagino que no era una familia feliz.

Julia se encogió de hombros.

–No, desde luego. Adam se apartó de ellos para crear su propia compañía y convirtió una constructora mediana en una empresa multimillonaria. De modo que justificó la aprobación de su abuelo.

–¿Y por qué sigue...?

–¿Apoyando a la empresa de su padre? El poder es importante y él es un Beaumont. Y algunos dicen que Henry no hace un buen trabajo dentro de la empresa. Pero hay algo más, una mujer...

Julia se detuvo abruptamente y Bridget estuvo a punto de preguntar si se refería a la mujer de su hermano, pero se contuvo al recordar que, supuestamente, ella no sabía nada sobre los Beaumont.

—¿Los dos hermanos se parecen? —le preguntó.

—Físicamente, sí. Henry es guapo y carismático, pero... —Julia se limpió los labios con la servilleta—. ¿Por qué quieres saber todo esto?

Bridget se encogió de hombros.

—Por interés —repitió.

Julia Nixon la miró en silencio durante unos segundos. Entonces notó que tenía ojeras y recordó los titubeos de Bridget unos segundos antes, cuando le preguntó por sus vacaciones.

—Ah, ya entiendo. Te has enamorado de él, ¿verdad?

—¿Qué?

—Mira, seguramente estaré perdiendo el tiempo, pero olvídate de él, cariño. Eso no llegará a ningún sitio, con ninguno de los Beaumont... y te aseguro que yo lo sé muy bien.

Bridget parpadeó, desconcertada.

—¿Qué quieres decir con eso?

Julia se encogió de hombros.

—Yo fui amante de Henry Beaumont.


Esa noche, Bridget, aún atónita por la confidencia de Julia, marcó el número de Adam Beaumont con dedos temblorosos.

Pero respondió una voz masculina que no reconoció.

–¿Podría hablar con el señor Beaumont, por favor?

–Espere un momento. ¿Quién le llama?

–Soy... la señora Smith, de Numinbah.

–Espere un momento, señora Smith.

Bridget esperó hasta que el hombre volvió al teléfono.

–Adam no puede dejar a sus invitados, señora Smith, pero puede verla mañana a las nueve en el hotel Marriott. Gracias por llamar.

Bridget miró el teléfono, atónita. Estaba a punto de decirle que no necesitaba ver a Adam en persona, pero el hombre había colgado sin esperar.

Evidentemente, Adam Beaumont protegía con mucho celo su privacidad y eso encendió una chispa de rebelión en ella. ¿Cómo se atrevía a tratarla así? Aunque no supiera que estaba embarazada de su hijo, era intolerable.

Pero también la hizo revisar la situación y hacer algunos planes. Por ejemplo, buscar algo sobre el embarazo en Internet para tener una idea más clara de lo que la esperaba.

Sí, vería a Adam Beaumont al día siguiente, pero solo para limpiar su nombre.


Se vistió con especial cuidado al día siguiente y eligió un vestido de lino verde que hacía juego con sus ojos, una chaqueta de punto color crema y zapatos de tacón. Era uno de sus atuendos más sofisticados, uno que podía quedar bien en el Marriott y en cualquier otro sitio.

Pero luego lo pensó. Parecía como si fuera a un almuerzo importante, a las carreras o a una entrevista de trabajo.

De modo que se quitó el vestido para ponerse un pantalón vaquero, un jersey de color frambuesa y unos sencillos mocasines de ante.

Se había lavado el pelo, que estaba brillante y suelto, con reflejos dorados. Lamentaba no haberse cortado el flequillo, pero era demasiado tarde para eso. Además, ¿qué importaba?

Llegaría tarde si no salía corriendo después de tanto cambio de ropa.

Bridget corrió escaleras abajo y, diez minutos después, llegaba al vestíbulo del hotel Marriott, donde un botones la llevó a la suite de Adam Beaumont.

Adam estaba frente a la ventana, admirando la playa de Surfers Paradise, aunque el día estaba nublado, y se volvió cuando su ayudante anunció la llegada de Bridget.

–Adam, la señora Smith. ¿Queréis un café?

Adam Beaumont levantó una ceja, esperando.

–No, gracias –respondió ella.

El ayudante desapareció discretamente, dejándolos solos en la suite. Adam llevaba una camisa azul con rayas blancas y pantalón azul marino.

Iba bien afeitado y peinado y, al contrario que

ese otro hombre al que había conocido en el valle de Numinbah, parecía lo que era, un empresario. Le parecía más alto que nunca y el corazón de Bridget dio un vuelco dentro de su pecho cuando lo miró a los ojos.

¿Cómo no iba a recordar que había estado en los brazos de aquel hombre?, se preguntó, entristecida.

—He descubierto quién ha hecho circular esos rumores.

Adam parpadeó.

—¿Quién?

—Una colega mía. El otro día hablé con ella de vuestra familia y me ha autorizado a decirte esto: ella era la amante de tu hermano, Henry, hasta hace poco, cuando él la dejó —Bridget vaciló un momento—. Creo que estaba buscando una manera de vengarse.

—¿Lo dices en serio? —le preguntó él, con expresión escéptica—. Vas a tener que inventar algo mejor...

—No tengo que inventar nada, es la verdad. Me dijo que, durante su aventura, le dio la impresión de que tu hermano siempre había temido que tú lo echaras del consejo. Aparentemente... —Bridget hizo una pausa— a mi colega le pareció que si hacía circular esos rumores, podría abrir el camino para que tú te aprovechases y, de ese modo, ella quedaría vengada. Y aunque no pudieras aprovechar la oportunidad, conseguiría complicarle la vida a tu hermano.

No añadió que, según Julia, ninguno de los hermanos Beaumont olvidaría nunca a la mujer de Henry.

–¿Quién es esa mujer? ¿No tiene miedo de las repercusiones?

–Julia Nixon –Bridget esperó hasta ver un brillo de reconocimiento en sus ojos azules–. Y no tiene miedo porque le advirtió a tu hermano que si había alguna repercusión, le contaría a todo el mundo que había sido su amante. No fue la primera y seguramente no será la última. Y si se lo cuenta a todo el mundo, su mujer y sus hijos acabarán por enterarse. Sé que suena horrible, pero tengo la impresión de que tu hermano le hizo mucho daño.

–Entonces...

–Entonces los rumores no tienen nada que ver conmigo. Nada en absoluto. Fue pura coincidencia que yo tuviera que dar las noticias ese día y... –Bridget se llevó una mano a la boca–. ¿Hay algún baño cerca? Tengo que...

Bridget vomitó en el lavabo de la suite. Y no podía ocultárselo a Adam porque estaba al otro lado de la puerta. Después, él la llevó al dormitorio para sentarla en la cama y tomó un par de toallas del baño para limpiarle la cara hasta que Bridget protestó.

–¡No tienes que hacer eso! Gracias, pero soy perfectamente capaz de...

–Bridget –la interrumpió él–. Te he hecho cosas más íntimas, así que deja de protestar. ¿Qué ha pasado, algo te ha sentado mal?

–Probablemente –admitió ella–. Pero como tengo

un estómago de hierro, debe de ser más bien... un mareo repentino.

Adam apartó la toalla.

–¿Estás segura?

–Y tal vez los nervios también. No sabía si me creerías.

–Creo que es posible, aunque tendré que comprobarlo –dijo él, levantándose–. No la conozco bien, pero me imagino que una mujer despechada es capaz de todo. Y eso significa que te debo una disculpa. Espero que entiendas que era lo único que parecía tener sentido.

Bridget lo miró, entristecida.

–No confías en las mujeres, ¿verdad?

Adam se metió las manos en los bolsillos del pantalón, mirándola con expresión pensativa.

–No confío en nadie a quien no conozca bien.

«Entonces tampoco creerás que este niño es hijo tuyo y eso sería el insulto final».

–Bueno –dijo Bridget, levantándose–. Siento mucho este malentendido.

–Espera, quédate hasta que te encuentres mejor.

–No, gracias. Ya estoy bien –dijo ella, pasándose una mano por el pelo.

–Espero que no llegues tarde al trabajo por mi culpa.

–Estoy de vacaciones durante unas semanas y... –Bridget no tuvo tiempo de terminar la frase porque el ayudante de Adam llamó a la puerta de la suite para decir que debía acudir a una reunión.

Adam murmuró una maldición, pero Bridget sonrió antes de decir:

–*Ciao!*

Y, después de tomar su bolso, salió de la suite.

Afortunadamente estaba en casa cuando su amiga Sandra, de Numinbah, llegó con su hija para pasar la tarde con ella. Habían quedado en verse, pero Bridget lo había olvidado por completo.

Daisy, que tenía tres meses, durmió durante casi toda la tarde y solo se despertó cuando estaban a punto de irse, pero cuando le sonrió con esa boquita sin dientes, Bridget no pudo resistirse y la tomó en brazos. Y cuando la tuvo en brazos, se vio abrumada por un instinto que no creía poseer.

Por primera vez, el niño que crecía dentro de ella se convirtió en una preciosa realidad más que una carga.

Entonces pensó en Adam. No en el nuevo Adam, sino en el hombre en el que había confiado esa noche, el hombre que le salvó la vida y con el que había hecho el amor. Estaban unidos para siempre por una personita que era el resultado de esa noche de pasión. Fuera un niño o una niña, tendría algo de su padre y algo de ella. Sería parte de los dos y, como tal, solo podría llevar alegría a su vida.

Cuando Sandra se marchó, Bridget reflexionó sobre su vida: Se le ocurrió que las cosas que hacía bien, aunque no la convirtieran en una periodista de primera, podrían serle útiles como madre.

Y, de repente, descubrió que le había faltado un objetivo en la vida. ¿Podría el destino haberle dado ese objetivo en forma de un niño inesperado?

Ese descubrimiento la hizo pensar que el camino que tenía por delante era menos abrupto de lo que había pensado.

# Capítulo 5

UN CAMINO menos abrupto no podía evitar las náuseas matinales, como descubrió Bridget a la mañana siguiente. Estaba intentando controlarlas cuando sonó el timbre.

Era Adam.

Se miraron el uno al otro durante unos segundos y luego él le preguntó:

—¿Puedo pasar? Quiero pedirte disculpas, Bridget. He hablado con Julia Nixon y me ha confirmado todo lo que me contaste ayer.

Bridget se llevó una mano a la boca.

—Lo siento, pero no es buen momento... —empezó a decir.

Pero no pudo acabar la frase y salió corriendo en dirección al cuarto de baño.

Cuando volvió estaba pálida y descompuesta y Adam, en medio del salón, con las manos en los bolsillos del pantalón y el ceño fruncido, la miró de arriba abajo.

Llevaba un vestido de verano con lunares y escote de pico. Y con esos mocasines parecía una cría, pensó. Evidentemente, acababa de lavarse la cara porque algunos mechones del flequillo estaban mojados. Parecía tan joven, tan vulnerable...

—¿Otra vez te has mareado?

—Sí.

—¿Dos mañanas seguidas?

—Sí —respondió ella, viendo que por fin lo entendía—. Pero no sabía cómo decírtelo o incluso si iba a decírtelo.

—¿No pensabas decírmelo?

Bridget hizo una mueca.

—No parecía tener mucho sentido, ya que no hay futuro para nosotros. Además, no me habría sorprendido nada que no creyeras que el niño es tuyo. Pero me niego en redondo a hacer una prueba de ADN —le dijo, fulminándolo con la mirada—. Yo sé de quién es este niño y eso es suficiente para mí.

Adam intentó asimilar la información y Bridget se dio cuenta de que estaba tenso, nervioso.

—Tú no eres el único progenitor de ese niño.

—Ya lo sé, pero soy el progenitor crucial en este momento y, en mi opinión, eso me da derecho a tomar ciertas decisiones.

Mientras lo decía, una lágrima rodaba por su rostro y se preguntó por qué estaba llorando si, en realidad, estaba enfadada y dolida. Enfadada porque Adam podría haberla amado y, sin embargo, había preferido decirle adiós. Y dolida porque había creído que ella iba extendiendo rumores por ahí.

Había supuesto automáticamente que intentaría cazarlo si supiera su identidad, por eso le había hecho creer que era simplemente un hombre que no quería saber nada de compromisos.

—Verás, Adam Beaumont, no solo soy el progenitor crucial en este momento, además sé que tú no quieres saber nada de mí. No confías en mí, no podrías haberlo dejado más claro, así que ya he hecho mis planes. Puedes quedarte y escucharme o marcharte, pero este niño es asunto mío y estará a salvo conmigo.

–¿Por qué?

–¿Qué quieres decir?

–¿Por qué quieres tener ese niño si piensas tan mal de mí?

–Porque es parte de mí –contestó ella, llevándose una mano al abdomen–. Y porque es parte de ti. Y esa noche fue muy especial para mí.

–Siéntate –dijo Adam entonces, señalando el sofá.

–Esta es mi casa y si alguien tiene que invitar a alguien a sentarse, soy yo –protestó Bridget.

Él hizo una mueca.

–¿Sería posible que hablásemos de manera racional? Incluso podríamos tomar una taza de café...

–No me hables de café –lo interrumpió ella–. Es lo que me ha hecho vomitar ahora mismo.

–¿Té entonces?

–Un té negro estaría bien –dijo Bridget, dirigiéndose a la cocina.

–Me ofrecería a ayudarte, pero no quiero que te enfades.

–Siéntate –dijo ella, señalando una silla.

–¿Y cállate?

Bridget tuvo que sonreír. Dejó de hacerlo de inmediato, pero la tensión se había relajado un poco.

–Bueno, háblame de tus planes.

–He pensado seguir trabajando, pero la verdad es que me he dado cuenta de algo...

–¿De qué?

–Tal vez decidí ser periodista como un tributo a mi padre más que porque fuera algo que me apasionase de verdad, así que dejarlo no me romperá el corazón –Bridget tomó la tetera y sirvió el agua en las tazas antes de sacar el té–. Naturalmente, no pienso dejar de trabajar, pero mientras decido lo que quiero hacer, y hasta que tenga el niño, voy a dedicarme a pintar –le dijo, señalando un cuadro que había en la pared.

Eran unos capullos de plumerilla en un campo verde y a Adam le pareció precioso.

–¿Lo has pintado tú?

–Sí –respondió Bridget–. Una empresa de decoración de interiores me hizo una oferta por mis cuadros y tal vez podría ser una buena ocupación por el momento. Económicamente no tengo problemas hasta que el niño tenga unos dos años, pero luego tendré que ganar algo de dinero.

Adam tomó un sorbo de té.

–Veo que lo has pensado todo... sin contar conmigo.

–Sí, bueno, así es.

–¿Y ahora?

–Ahora no sé qué pensar. ¿Tú quieres saber algo del niño? –le preguntó.

–Bridget, sé que te he defraudado al no confiar en ti, ¿pero de verdad crees que yo no querría saber nada de mi hijo?

–No lo sé, Adam. Y no sé si podría salir bien...

–Entonces deja que te cuente algo sobre mí: crecí prácticamente sin un padre. El mío me odiaba porque le recordaba al suyo, que era un hombre cruel, pero mi hermano, Henry, lo hacía todo bien para él. Yo nunca hice nada que contase con su aprobación y mis padres se peleaban constantemente por ello... de hecho, estuvieron años sin hablarse. Me fui de casa a los dieciséis años porque no me sentía querido y no volví nunca. La verdad es que no había planeado tener hijos, pero ha ocurrido y si crees que voy a dejar que un hijo mío viva sin su padre, te equivocas por completo.

Bridget cerró la boca. Se había quedado boquiabierta no solo por lo que le había contado, sino por la amargura que había en sus palabras.

Y, aunque su expresión volvió a ser indescifrable en cuanto dejó de hablar, se levantó para acercarse a la ventana y la tensión de su espalda mientras miraba la calle era evidente.

Ella no podía saber que Adam Beaumont se había sorprendido a sí mismo contándole aquello y tampoco que cuanto más lo pensaba, más irónica le parecía la situación. Que su tío hubiera hecho que revisara su vida y su futuro recientemente era una de esas ironías.

Cierto rumor asociado con su cuñada, aunque no sabía si era cierto, era otra. Adam apretó los labios, pensando que podría vengarse si esa noticia era cierta...

Era verdad que Bridget lo impacientaba, pero también que deseaba protegerla. Y cuanto más lo pensaba, más le parecía que solo había una solución.

—Julia mencionó que había problemas en tu familia, pero yo no sabía...

—Ya no existen, eso queda en el pasado —la interrumpió él.

—¿Pero qué vamos a hacer? Por supuesto, yo nunca intentaría evitar que vieras a tu hijo.

Adam se imaginó un niño con dos hogares, un niño que nunca sabría a quién le debía lealtad, un niño que algún día recibiría la influencia de su padrastro, algo que él no podría controlar.

—No quiero que me dejes verlo cuando a ti te convenga. Solo podemos hacer una cosa: casarnos.

Bridget tardó un momento en entender lo que estaba diciendo y cuando lo hizo, miró a Adam con expresión incrédula.

—No puedes decirlo en serio.

—Lo digo muy en serio.

—Pero es absurdo, tú y yo no nos queremos. Apenas nos conocemos siquiera. Y ahora mismo creo que ni siquiera nos caemos bien el uno al otro. ¿Cómo vamos a casarnos?

—Bridget,... —Adam se acercó a ella para mirarla a los ojos—. No podemos tenerlo todo.

—No te entiendo.

—Te estoy ofreciendo mi ayuda, mi apoyo. ¿No crees que un niño se merece tener un padre y una madre?

—Un padre y una madre que se quieran —contestó

ella–. Mira lo que pasó con tus padres. ¿Quieres que le pase eso a nuestro hijo?

–A nosotros no nos pasaría.

Bridget lo miró, pensativa.

–¿Cómo es que no me acusas de intentar cazarte o algo parecido?

–Fui yo quien inició lo que pasó esa noche. Tú estabas medio mareada después de haber sido golpeada por ramas y piedras... no creo que tuvieras ánimos para atraparme.

–Desde luego que no, pero la verdad es que tampoco hice nada por evitar lo que pasó.

Adam hizo una mueca.

–Sé que tú no engañarías a nadie. Además, mientes fatal... no es un insulto, no digo que tengas costumbre de mentir, al contrario. Por eso lo haces mal. Como en el caso del señor Smith, por ejemplo.

–No pienso hacer nada que vaya a lamentar más tarde –le advirtió ella–. Y lo siento mucho, pero casarme contigo podría ser un gran error. Sencillamente, no nos conocemos.

Se miraron a los ojos, en silencio, durante unos segundos.

–Debería haber imaginado que tenías un carácter férreo.

Bridget levantó una ceja.

–¿Por qué dices eso?

–Muchas chicas se hubieran quedado en la carretera, sin atreverse a ir detrás del coche...

–Y muchos chicos también –lo interrumpió ella.

—Sí, es verdad —Adam se encogió de hombros—. Ese niño va a estar con nosotros durante el resto de nuestras vidas, Bridget. Fuese como fuese, ahora hay un lazo entre nosotros que no se puede romper.

—Eso ya lo sé.

—Además, y perdona que diga esto —siguió Adam, con un brillo burlón en los ojos—, cómo ocurrió fue algo asombroso.

Bridget apartó la mirada, sintiendo que le ardían las mejillas. Y cuando volvió a mirarlo, se dio cuenta de que Adam había notado su nerviosismo.

—Ni siquiera pareces sorprendido por la noticia.

—Lo estoy. Pero con nosotros siempre es así, ¿no? Una sorpresa detrás de otra.

Bridget tuvo que asentir con la cabeza. Pero entonces se le ocurrió algo.

—¿Esto tiene algo que ver con la mujer de tu hermano?

Adam frunció el ceño.

—¿Qué quieres decir?

Ella pensó en lo que le había contado Julia, que ni Henry ni Adam Beaumont podrían olvidar nunca a la bella Marie-Claire.

—Como no puedes tenerla a ella, estás dispuesto a conformarte con el segundo premio y esto —Bridget se tocó el abdomen— es el segundo premio para ti.

—Esto no tiene nada que ver con mi hermano y mi cuñada —replicó Adam, molesto—. Y tú no podrías ser la segunda en nada.

—Ojalá pudiera creerte.

–¿Por qué no dejas que te lo demuestre?

–¿Cómo?

–Bueno, lo primero es lo primero: ven a ver mi casa. Está a una hora de aquí por aire.

Bridget levantó una ceja.

–¿Por aire?

–Claro, iremos en mi helicóptero.


No solo tenía un helicóptero, sino que lo pilotaba él mismo. Y la velocidad con la que lo organizó todo dejó a Bridget sin aliento.

Adam llamó a su ayudante, Trent, para que cancelase las reuniones que tenía para ese día.

–Ah, por cierto –le dijo después–, se me había olvidado decírtelo, pero tengo que cenar con mi tío Julius mañana por la noche. Llama a su mayordomo y dile que llevaré una invitada.

–Muy bien.

–Gracias, Trent –después de colgar, Adam se volvió hacia Bridget–. ¿Estás lista?

Y ella solo pudo asentir con la cabeza.


Adam pilotó el helicóptero hasta su casa, situada en Rathdowney Beaudesert, en la barrera de la Costa Dorada. Volaron sobre terreno agreste, pasando sobre la zona en la que habían estado esa noche y el prado que había sido su salvación.

El cobertizo parecía más pequeño de lo que Bridget recordaba. El árbol había desaparecido, pero el hueco que había dejado al caer ladera abajo seguía allí.

–Se me había olvidado que tenía que comprarles un pijama nuevo –murmuró Bridget.

–No te preocupes, ya he compensado a los propietarios –dijo Adam–. Son una pareja joven y, como pensábamos, usan el cobertizo mientras construyen su casa. ¿Ves los cimientos ahí abajo?

Ella asintió con la cabeza.

–Por cierto, ¿qué hacías tú en el valle de Numinbah en ese viejo Land Rover? Especialmente, teniendo un helicóptero.

Adam golpeó el salpicadero con una mano.

–Este pájaro tenía algunos problemas mecánicos, pero quería volver a la costa, así que me llevé el Land Rover. Es difícil imaginar que esa noche hubiera sido peor, pero si hubiese volado con esa tormenta, tal vez no habría podido contarlo.

Bridget sintió un escalofrío.


Media hora después, el helicóptero aterrizaba en una pista de cemento.

–Bienvenida a Mount Grace, señora Smith.

Bridget miró alrededor, atónita.

–Pero esto es... precioso.

Y se quedó aún más impresionada después de una visita guiada por la finca.

Estar allí era como estar en un mundo diferente. Había interminables praderas de césped y hacía calor, pero era un calor diferente al de la costa y uno podía imaginar inviernos helados y chimeneas encendidas.

La vegetación tampoco se parecía a la profusión tropical de la costa. No había una sola palmera, pero los jardines eran magníficos y la casa, en la falda de una colina, una auténtica delicia.

Pintada de blanco, con tejado de teja roja, las puertas de cristal daban a un amplio porche frente al jardín en el que había multitud de tiestos de terracota con buganvillas de todos los colores. Y las habitaciones tenían un inusual diseño circular.

En el prado, frente a la casa, había caballos, yeguas y potrillos, aunque Bridget también vio algunas vacas.

−¿Crías caballos? −le preguntó.

−Es mi afición. Mi tío Julius... bueno, mi tío abuelo, es mi socio. Él vive para los caballos y su mayor ambición es criar un ganador de la Copa de Melbourne. Últimamente no se encuentra bien, pero es una mina de información.

Bridget sonrió para sí, pero no le explicó por qué. En lugar de eso, se volvió hacia la casa.

−Es muy inusual.

−Es un diseño sudafricano. Las habitaciones circulares son tradicionales allí. Mi madre era sudafricana, se llamaba Grace.

−¿Ha muerto?

−Mi padre y ella murieron en un accidente de coche −Adam hizo una pausa, pero después decidió no contarle que su padre había bebido–. Ven, vamos a comer. ¿Te apetece comer algo?

–Pues... –Bridget respiró profundamente– la verdad es que sí. En otras palabras, mataría por comer algo.

Adam sonrió.

La casa de Mount Grace era amplia y fresca. Los techos tenían vigas vistas, los suelos eran de madera barnizada y había chimeneas en casi todas las habitaciones.

Los muebles del comedor eran de una madera que Bridget no reconoció y parecían muy antiguos. Había una piel de cebra en una pared, junto a un escudo zulú.

–La verdad, me recuerda a la película *Memorias de África.*

–Sí... ah, ahí estás –Adam se volvió al oír pasos tras ellos–. Bridget, te presento a Fay Mortimer, mi ama de llaves.

–Siento no haber salido a recibiros, pero estaba ocupada –dijo la mujer, de mediana edad–. ¿Cómo estás, Bridget?

–Muy bien, gracias.

Fay Mortimer era una mujer delgada y elegante de pelo corto.

–¿Qué estabas haciendo? –le preguntó Adam.

–Cuidando de mi nieta. Solo tiene tres meses –le explicó a Bridget–. Pero tengo el almuerzo listo y había pensado que os gustaría comer en el porche.

–Me parece bien. Bridget está muerta de hambre.

–Sentaos, yo me encargo de todo.

El almuerzo fue delicioso: un ligero consomé y una ensalada Cesar con salmón ahumado, anchoas y trocitos de beicon, seguida de un plato de queso, galletas y fruta.

Mientras comían, Bridget tomando agua mineral y Adam una cerveza, él le contó que el yerno de Fay era el mozo de cuadras y vivía allí con su mujer, la madre del bebé que el ama de llaves había estado cuidando. También le contó que todos vivían en aparente armonía, aunque en casas separadas dentro de la propiedad.

Era un lugar muy tranquilo, con las abejas zumbando alrededor, los pájaros y las libélulas, con sus alas transparentes, revoloteando sobre la piscina. El paisaje parecía un precioso tapiz bajo el cielo azul.

Pero cuando terminó de comer, Bridget dejó la servilleta sobre la mesa y anunció:

–Esto no está bien. No puedo venir aquí como si fuera lo más natural del mundo.

–¿Cómo que no?

–No me parece bien.

–¿Por qué no? ¿Estás diciendo que si hubiera sido un leñador te habrías casado conmigo?

–Eso es ridículo –replicó Bridget.

–¿Por qué?

–Porque... bueno, aparte de otras consideraciones, no es buena idea casarse con alguien a quien no conoces de nada.

–Me gustaría recordarte que nos conocemos bien el uno al otro en muchos sentidos. En el sentido bíblico, por ejemplo.

Bridget intentó disimular su rubor.

–No es la única manera de conocer a alguien.

–No, pero ayuda mucho –bromeó Adam.

Ella respiró profundamente.

–Mira, agradezco tu oferta, pero yo preferiría hacerlo sola. Y en cuanto a todo esto –dijo, señalando alrededor–, es como una enorme zanahoria que pones delante de mi cara.

–Yo no diría eso. Al contrario, me parece el mejor sitio para una chica que adora el campo, los caballos, pintar, el sol, la jardinería. Podría ser el sueño de un paisajista o de un jardinero. Y hay un piano en la sala de música que aún no has visto. Y un arpa, por cierto.

Bridget se quedó callada.

–¿No crees que podrías ser feliz aquí? –insistió Adam.

Ella miró alrededor y tuvo que sonreír involuntariamente cuando una yegua y su potrillo se acercaron a la cerca del jardín. Pero luego dejó escapar un suspiro.

–No lo entiendes, ¿verdad?

–No.

–Pues eso podría ser otro problema. Estás tan acostumbrado a conseguir todo lo que quieres, que no eres capaz de entender lo que siento.

–Admito que lo habría entendido mejor si hubieras aceptado de inmediato. No tanto por casarte conmigo como por mi dinero.

–Ah, vaya, pues me alegro de haberte sorprendido.

Fue el turno de Adam de quedar en silencio, pero unos segundos después se levantó de la silla y cambió de tema por completo.

–Ven a saludarlo –le dijo, señalando al potrillo.

En el camino, Adam arrancó un diente de león que le ofreció al animal y el potrillo oscuro lo olisqueó antes de comérselo alegremente.

Bridget se rio, acariciándole la nariz.

Adam sonrió también, apoyándose en la cerca.

–Últimamente he pensado mucho en mi vida.

Ella lo miró, sorprendida.

–¿Ah, sí?

Él asintió con la cabeza y después le contó el encuentro con su tío Julius.

–Yo no quiero sus acciones. Si llego al consejo de administración de la compañía Beaumont quiero hacerlo por mí mismo. No quiero que nadie pueda decir que me he aprovechado de mi tío. En cuanto al resto... creo que es hora de enterrar el pasado. Incluyendo a Marie-Claire.

Marie-Claire, pensó Bridget. Su nombre lo decía todo.

–Y no se me quita de la cabeza esa imagen de terminar solo como mi tío Julius –dijo Adam entonces, con evidente frustración–. Tal vez por eso nos necesitamos el uno al otro.

–No sé si eso es suficiente.

–Esa noche, en el cobertizo, debería haber sido más sensato. Pero fue una página que escribimos juntos, Bridget. Si al final ha habido consecuencias para ti, también las ha habido para mí. Y creo que ninguno de los dos está dispuesto a arrancar esa página todavía. A pesar de todo, tengo la impresión de que esto es lo que tenía que pasar, no sé por qué. Sé que no es una declaración de amor en toda regla –siguió Adam, mientras Bridget lo miraba boquiabierta–, pero es la verdad. Y, aunque no lo creas, me gustas mucho –dijo luego, apartándole el flequillo de la cara–. No me gusta imaginarte sola y aunque hayas decidido que esto es cosa tuya, y seguro que lo será de cuando en cuando, no tiene por qué ser así.

# Capítulo 6

FUE EL ruido de un coche lo que rompió el hechizo para Bridget; ese larguísimo momento en el que se había quedado como hipnotizada por lo que Adam estaba diciendo, lo que estaba admitiendo y el impacto que tenía en ella.

—¿Quién es...?

Adam miró hacia atrás.

—Fay. Si no tenemos invitados, suele irse a casa por la tarde.

—Ah.

Él la miró, con un brillo burlón en los ojos.

—Es que me he quedado sin palabras —le confesó Bridget.

—Una vez me ofreciste consejo —le recordó Adam—. Me dijiste que siguiera adelante y olvidase el pasado.

—Lo sé, pero no esperaba que...

—¿Que tú fueses parte de mi futuro?

—No, la verdad es que no. Pero suena muy tentador, como una sociedad, un acuerdo entre amigos. Y eso es lo que es, ¿no?

Adam arrugó el ceño.

—¿Qué quieres decir?

—En realidad, sería un matrimonio de conveniencia.

Él tardó un momento en contestar.

–Bridget, yo he tomado algunas de las peores decisiones de mi vida sin pensar, en un arrebato de pasión, podríamos decir. Y creo que esto hay que pensarlo bien. Hay un gran afecto entre tú y yo y por el niño, nuestro hijo, creo que sería lo mejor.

–De todas formas, tengo que pensarlo –murmuró ella un poco desconcertada–. Debes entender que es lo último que esperaba y...

–No, no creo que tengas que pensarlo –la contradijo Adam–. No puedes darme una sola razón sensata por la que esto no sería la mejor solución. Me has dicho que tu carrera no te llena y que quieres hacer otra cosa. ¿Hay alguien más en tu vida?

–No, no lo hay. Aparte de mi madre y haga lo que haga va a ser una sorpresa para ella...

–¿Entonces hay alguna otra razón por la que quieres negarle a este niño un hogar con un padre y una madre? ¿Hay alguna razón para no poner su bienestar por encima de todo?

Bridget apartó la mirada. ¿Estaba pensando solo en sí misma?, se preguntó. ¿Que Adam tuviese tanto que ofrecer era irrelevante? Lo había acusado de poner una zanahoria delante de su cara, pero tal vez eso no era lo importante.

¿Entonces por qué dudaba?, se preguntó.

Tal vez estaba secretamente convencida de que estaría mejor sin Adam Beaumont porque él no la quería, aunque la respetaba y sentía cierto afecto por ella.

Pero tal vez eso era egoísta.

–¿Bridget?

–Sí, estaba pensando. No lo sé, tal vez tengas razón.

–¿Entonces estás de acuerdo?

Bridget descubrió que no podía hablar. Estaba pálida y sus ojos se habían vuelto tan oscuros como esmeraldas.

Adam Beaumont maldijo en voz baja al darse cuenta de que había estado y seguía estando bajo una tremenda presión e hizo lo único que podía hacer: abrazarla.

Ella no se resistió, pero tardó en responder. Pero poco a poco, el calor de sus brazos y la solidez de su cuerpo la calmaron y apoyó la cara en su hombro.

–Lo siento –se disculpó Adam–. Pero no te preocupes, a partir de ahora estás a salvo.

Entre todos los pensamientos que daban vueltas en su cabeza, uno parecía el más importante de todos: estaba esperando un hijo y tanto ella como Adam lo querían. ¿No trascendía eso cualquier duda que pudiera tener en su corazón sobre la misteriosa Marie-Claire?

Casi desearía no haber escuchado nunca ese nombre, porque para ella parecía tener un absurdo magnetismo, un atractivo con el que no podría competir.

Pero tendría que olvidarse de eso, pensó.

–¿Bridget? –Adam le puso un dedo bajo la barbilla para mirarla a los ojos.

–Muy bien, de acuerdo. Me casaré contigo –dijo ella.

Adam vaciló, como si estuviera a punto de decir algo, pero luego pareció cambiar de opinión.

Bridget se quedó inmóvil entre sus brazos, esperando sentir la magia que había sentido esa noche, en el valle de Numinbah.

Pero no pasó nada.

—¿Sigues preocupada, señora Smith?

—Creo que sí.

—¿Voy a tener que conjurar una tormenta de rayos y truenos y un viejo cobertizo?

Los ojos de Bridget se iluminaron.

—Tal vez.

—Puede que tú no lo sepas —siguió Adam—, y sé que no te he dado razones para creerlo, pero he pensado mucho en nosotros, cuando era lo último en lo que debería pensar.

—¿Ah, sí?

—Sí. Por ejemplo, pensé en ti ayer durante una reunión de trabajo. Me encontré dibujando un osito como los del pijama que llevabas en el cobertizo mientras fingía escuchar a mis socios.

—¿Ah, sí? —repitió Bridget.

—Y eso me llevó a todo tipo de pensamientos inapropiados sobre ti... sobre nosotros. No fue mi mejor reunión, te lo aseguro.

Sonriendo, ella se apoyó en su hombro.

—Eso está bien. No me importa que me asocies con ositos.

—Lo inapropiado era lo que había debajo.

Bridget estudió el brillo de sus ojos, el pelo oscuro movido por la brisa, y sintió un ligero estremeci-

miento. No se parecía nada al hombre al que había
conocido esa noche. Iba bien afeitado y, aunque se
había quitado la corbata y llevaba los dos primeros
botones de la camisa desabrochados, seguía siendo
Adam Beaumont, no solo un hombre llamado Adam.

¿O sí?

¿Que él recordase esa noche le había devuelto al
Adam al que conoció? Tal vez. Había algo en él que
despertaba sus sentidos, unos sentidos que había
empezado a pensar estaban embotados con todo
aquel trauma. Algo hacía que deseara tocarlo, estar
más cerca.

O tal vez era algo más sencillo: Adam la había
embrujado desde el primer momento.

—Has vuelto —murmuró, casi sin darse cuenta.

—¿Qué?

—Yo pensé que había dos Adam, el hombre del
cobertizo y Adam Beaumont. A veces tenía unos recuerdos preciosos y otras muy tristes, porque me
parecías diferente.

—Lo siento —Adam le besó la frente y luego, después de mirarse a los ojos durante unos segundos,
buscó sus labios para darle un beso.

Y Bridget se dio cuenta de que estaba perdida.
Tan perdida como la primera vez que hicieron el
amor, pero en esa ocasión estaban frente a una cerca,
con un par de caballos como espectadores.

No protestó cuando Adam la tomó de la mano
para llevarla hacia la casa. Y tampoco protestó cuando
se encontró en un dormitorio circular increíblemente
lujoso.

En el centro de la habitación había una cama con dosel, cubierta por cortinas blancas. El edredón era blanco también y las almohadas de color verde lima.

A un lado había dos preciosos sofás de color crema con cojines verdes y varios apliques de hierro forjado en la pared. Era una habitación exótica que le resultaba ligeramente extraña pero maravillosa.

Y más maravilloso era lo que parecía haber nacido entre Adam y ella de nuevo. De repente. Era asombroso el deseo que experimentaba en ese momento cuando unos minutos antes no había sentido más que la tranquilidad de estar llegando a un acuerdo beneficioso para el niño.

Ahora, sin embargo, cuando Adam cerró la puerta y volvió a abrazarla, el deseo se convirtió en algo vivo.

Bridget volvió a la vida bajo sus caricias y, mientras la desnudaba, ella le devolvió el gesto. Le desabrochó la camisa con dedos temblorosos y puso una mano en su cintura para acariciarle la piel, los duros músculos de su estómago...

Pero no era solo admiración por su físico, no era solo el deseo y las oleadas de placer que despertaba en ella. Era una sensación cálida, agradable, que una vez había experimentado en el cobertizo...

–Ni un rasguño –dijo él, pasando una mano entre sus pechos. Estaban en la cama, su ropa tirada en el suelo. Adam había echado las cortinas, de modo que estaban aislados del resto del mundo.

–No, ya han desaparecido –dijo Bridget.

Él sonrió entonces, una sonrisa traviesa, mientras se apoyaba en un codo para mirarla.

–¿Demasiado pronto? –murmuró, deslizando la mano hacia abajo.

–No, no. Me moriría si no...

–Yo también, señora Smith. ¿Lo hacemos juntos? –Adam se colocó sobre ella y el ritmo de dos cuerpos moviéndose como uno solo duró más tiempo del que ella hubiera creído posible. Luego, despacio, volvieron a la realidad.

–Ha sido... –Bridget intentó hablar cuando por fin su corazón volvió al ritmo normal, pero no podía expresarlo con palabras.

–Estoy de acuerdo. Y a mí tampoco se me ocurre una palabra que lo defina.

–Uno de mis miedos, uno de mis muchos miedos, acaba de esfumarse.

–¿Solo uno?

–Bueno, probablemente muchos, pero este era muy desagradable. No sé si debo contártelo.

–Venga, cuéntamelo.

–No te rías de mí, tonto.

–No me estoy riendo –protestó Adam–. Puedes contarme todo lo que quieras, te escucho.

Ella se puso seria entonces.

–Me daba miedo poder hacerlo solo si tenía miedo de morir... como esa noche. Sé que suena ridículo, pero así es.

Adam estudió sus ojos y la delicada piel de su cara y su cuello.

–Te entiendo porque cuando ocurrió estábamos en el mismo barco.

–Además, pensé que... pensé que pedirías una prueba de ADN antes de aceptar que el niño era hijo tuyo.

Él se encogió de hombros.

–No se puede ir por la vida sin ser un poco escéptico, pero llega un día en el que... no sé, tener fe parece lo mejor.

–Puedes confiar en mí, Adam.

Él la besó, pasando una mano por su pelo.

–Desgraciadamente, tenemos que irnos. ¿Te importa? Si no, tendría que pilotar en la oscuridad.

–¿Tan tarde es? No, claro que no me importa.

Pero Adam se tomó su tiempo besándola antes de apartar la sábana y levantarse para ir a la ducha.


–¿Quieres que cenemos en casa de mi tío Julius mañana?

Bridget, que había estado en su propio mundo durante el viaje en helicóptero, volvió al presente sin ningún esfuerzo.

–Si tú quieres... ¿vas a decírselo?

–¿Que vamos a casarnos o lo del niño?

–Las dos cosas.

–Eso depende de ti.

–Creo que me gustaría mantenerlo en privado por el momento. Aún es muy pronto.

–Muy bien. Mira... –Adam detuvo el BMW frente al apartamento– me encantaría pasar la noche contigo, pero tengo una reunión a primera hora de la mañana. ¿Te importa?

–No, claro que no –le aseguró ella–. Al final ha sido un día muy bonito.

–Sí, es verdad –Adam le apretó la mano–. Vendré a buscarte mañana alrededor de las siete.


Bridget se sentía un poco como Alicia en el país de las maravillas cuando subió a su apartamento.

Y suspiró, aliviada, al ver que tenía un mensaje de su madre en el contestador. Llevaban un par de días sin hablar porque Mary y su marido estaban descansando en el campo, lejos de Yakarta.

Pero eso hizo que se preguntara si sería capaz de explicarle todo lo que había pasado en las últimas semanas.

Cuando estaba con Adam, todo tenía sentido, pero pensar en explicárselo a su madre era bien distinto.

Sola en el apartamento era capaz de analizar lo que había pasado en detalle. Por ejemplo, que había pasado de estar enfadada y dolida a dejar que le hiciese el amor... disfrutando de cada minuto.

¿El Adam que recordaba del cobertizo tendría siempre la capacidad de seducirla?

¿Y hacer que se sintiera sola sin él, como si faltara algo precioso en su vida?

Pero había otra cosa que la perturbaba: antes podía ver a Marie-Claire, la mujer que le había roto el corazón, con parcialidad. Pero ahora, cada vez que pensaba en ella lo hacía con gran temor.

Estaba lista cuando Adam llamó al timbre al día siguiente.

Había estado en la peluquería y le habían hecho un corte precioso. Llevaba una chaqueta corta de chenilla con puntitos negros y verdes sobre un vestido negro, medias negras y zapatos de tacón.

Cuando se miró al espejo pensó que tenía un aspecto demasiado formal, pero se negaba a seguir probándose ropa. Afortunadamente, porque Adam llegó antes de lo previsto con una botella de champán en la mano.

–Qué elegante, señora Smith –exclamó antes de besarla–. Y qué sensata al no haberte pintado los labios todavía –añadió, burlón.

–No es que haya esperado, es que no me ha dado tiempo, listo. En serio, llegas muy temprano.

–Lo sé –dijo él, sacando una cajita del bolsillo de su traje gris–. Pero había pensado que necesitábamos un momento para esto –añadió, dejando la caja y la botella de champán sobre la mesa–. ¿Tienes dos copas?

–Ah, sí, ahora mismo... pero yo no debería beber.

Adam levantó una ceja.

–¿Ni siquiera un poquito?

Bridget fue a la cocina para sacar dos copas del armario mientras Adam descorchaba la botella.

–¿Brindamos por nosotros?

–Media copa entonces. Gracias.

–Por nosotros –dijo Adam, levantando su copa solemnemente.

–Por nosotros –repitió ella.

–Abre la caja.

Bridget vaciló. No podía ser un anillo porque era demasiado grande, pero, evidentemente, era una joya. ¿Quería una joya de Adam?, se preguntó.

Dejó la copa sobre la mesa para tomar la caja y contuvo el aliento mientras la abría. No era un anillo, sino cuatro, todos esmeraldas montadas de manera diferente.

–He pensado que te gustaría escoger –dijo Adam–. Con esos ojos, no podían ser más que esmeraldas, pero es mejor que lo elijas tú.

Bridget miró los anillos, atónita.

–Son todos... preciosos. Pero no sé si merezco algo tan caro.

–¿Por qué no?

–No lo sé. Bueno, es que no me lo esperaba.

–Bridget... –Adam dejó su copa sobre la mesa–. Tenemos un acuerdo, ¿no?

–¿Qué quieres decir?

–Ayer hablamos de los pros y los contras y sellamos el trato. Lo sellamos de una manera romántica.

–Bueno, sí, es verdad... –Bridget apartó la mirada cuando los ardientes ojos de Adam parecieron desnudarla.

–¿Entonces por qué no vamos a dar el siguiente

paso? Primero un anillo de compromiso y luego una alianza.

Solo era un anillo de compromiso, pensó ella, sin entender muy bien sus dudas. La cuestión era si iba a dejar que pusiera una alianza en su dedo. ¿Pero no había tomado la decisión el día anterior?

–¿Más miedos, Bridget?

–No, no... –ella tocó los anillos y eligió uno, tal vez porque era el más pequeño, con una esmeralda en el centro flanqueada por dos diamantes redondos. Cuando se lo puso, vio que le quedaba perfectamente. Era perfecto para el tamaño de su mano.

Bridget lo estudió, poniéndolo bajo la luz de la lámpara.

–Este –anunció, decidida.

–¿No quieres probarte los otros?

–No, gracias. Este es muy bonito.

–Muy inteligente por tu parte, señora Smith –dijo Adam, cerrando la caja–. Es la mejor esmeralda y los diamantes son perfectos.

–Vaya, a lo mejor debería probarme los otros.

–¿Por qué?

–Porque entonces este es el más caro.

–Demasiado tarde. Pero quítatelo un momento.

Bridget lo hizo y Adam tomó su mano.

–Bridget Tully-Smith, ¿quieres casarte conmigo? –le preguntó–. Sé que no he logrado hacer que olvides tus miedos, pero creo que es lo que debemos hacer y quiero que sepas que también pienso en tu felicidad.

Era lo último que Bridget esperaba escuchar y,

además, su peor miedo: ella no quería que Adam le pidiese matrimonio porque fuera lo mejor, sino porque estaba locamente enamorado... como lo estaba ella.

De repente, se quedó sin aire. ¿Cómo había ocurrido?, se preguntó. Y en tan poco tiempo, además. ¿Sería el sexo? ¿Que Adam le hubiera salvado la vida en un par de ocasiones? No, no solo eso, tuvo que reconocer. El amor era el factor que explicaba por qué quería estar con él, por qué se sentía sola sin él.

Esa era la razón por la que estaba inquieta, la razón por la que lo echaba de menos y lo echaría de menos cuando no estuviera a su lado. Y la razón por la que sería insoportable si lo perdiera.

Lo amaba con todo su corazón.

–¿Bridget?

Adam tenía el ceño fruncido y ella tuvo que hacer un esfuerzo para disimular su angustia.

–Sí –murmuró. ¿Qué otra cosa podía decir?

Adam puso el anillo en su dedo y la besó en los labios.

–¿Entonces no crees que es hora de conocer a mi tío Julius?

Bridget iba muy callada en el coche, pero Adam no pareció darse cuenta.

–No le hagas caso a mi tío. Suele decir todo lo que piensa y esto –Adam señaló el anillo– va a ser una sorpresa para él.

–No solo para él.

–¿Te refieres a tu madre? ¿Se lo has contado?

–No, aún no –Bridget le explicó que le había dejado un mensaje en el contestador–. Pero en realidad me refería a mí misma. Aún estoy un poco sorprendida y no sé si me apetece hablar de ello con nadie.

–Mi tío no se encuentra bien, Bridget. Los médicos dicen que le queda poco tiempo de vida. Esto es muy importante para mí y sé que también significa mucho para él ver que he sentado la cabeza –Adam le levantó la barbilla con un dedo para mirarla a los ojos.

–¿Y si no le caigo bien?

–¿Por qué no ibas a caerle bien? Le gustarás mucho, ya lo verás. Solo tienes que ser tú misma.


Julius Beaumont miró a Bridget y luego a Adam, con sus cejas blancas casi en la línea del pelo.

–Vaya, vaya, vaya –murmuró–. Este es un inesperado placer. Siéntate y cuéntame algo sobre ti. Adam no me ha contado casi nada.

Bridget intercambió una mirada con Adam que Julius interpretó como de alivio por parte de Bridget y de ánimo por parte de su sobrino.

De modo que había un verdadero lazo entre ellos. Aunque tampoco había pensado que Adam llevaría allí a la primera chica que encontrase.

–Gracias –Bridget tomó el vaso de zumo que Adam le ofrecía.

–¿Cómo os conocisteis? –preguntó Julius.

–Adam me salvó la vida no solo una vez, sino dos veces.

Julius tomó un sorbo de whisky, el único que el médico le permitía tomar al día.

–Sigue, háblame de ti.

Y entonces Bridget lo sorprendió, y también a sí misma, cuando el cuadro de un caballo llamó su atención.

–No hay mucho que contar, pero creo que tenemos algo en común. Puedo decirle el nombre de los últimos veinte ganadores de la Copa de Melbourne en orden cronológico.

No solo Julius sino Adam la miraron, sorprendidos.

–¿Y cómo es eso?

–Mi padre era fanático de los caballos, era su afición. No era un gran jugador, solo apostaba diez dólares como máximo, pero era imposible vivir en la misma casa con él y que no se te contagiase algo de su fanatismo. Y como mi cumpleaños es durante la primera semana de noviembre, cuando se celebra la Copa, solíamos ir juntos al hipódromo y él apostaba diez dólares más por mí, como regalo de cumpleaños.

–¿Y ganaste alguna vez? –le preguntó Adam.

–No siempre, claro, pero al final conseguí reunir una suma interesante.

–Entonces será mejor que me eches una mano –bromeó Julius–. Últimamente no doy una. ¿Tú sabías eso sobre esta chica, Adam?

–No –le confesó él–. También ha sido una sorpresa para mí.

«Estupendo», pensaba Julius, cuando Mervyn entró para anunciar que la cena estaba lista.

Antes de sentarse a cenar había otra sorpresa para Bridget en el comedor: una pared llena de fotografías enmarcadas con todos los ganadores de la Copa de Melbourne.

Y Julius Beaumont no quiso que empezasen a cenar hasta que le dijera con cuáles de ellos había ganado la apuesta.

La cena fue muy agradable, pero Bridget parecía cansada al final y Adam le preguntó discretamente si se encontraba bien.

Y, aunque ella asintió con la cabeza, tomó su mano mientras se despedían de su tío, prometiendo volver pronto.

A Julius no le pasó desapercibido ese gesto, aunque no había visto otros gestos cariñosos durante la cena. A su sobrino le importaba esa chica, pensó. Y que no se hicieran carantoñas tal vez era por una cuestión de buen gusto. De hecho, Bridget Tully-Smith era una chica con muy buen gusto, pensó. Sin pretensiones ni tonterías... y sin demasiado maquillaje. Probablemente, una buena chica.

¿Entonces qué podía ir mal?

Un rostro apareció en su cerebro: Marie-Claire Beaumont. Una belleza, debía admitir, aunque no le gustaba nada como persona.

Y lo frustraba terriblemente saber que no podría hacer nada si Adam y Marie-Claire decidían retomar su relación.

Pero había algo que sí podía hacer, pensó entonces, llamando a Mervyn.

—¿Listo para irse a la cama?

—No, no lo estoy. Llama a mi abogado.

—¿Quiere hablar con él a estas horas?

—No, quiero que bailemos un tango —replicó Julius—. Pues claro que quiero hablar con él. En persona.

Mervyn consultó el reloj de pared.

—Son las once y media. Seguramente ya estará en la cama.

—¡Pues entonces sácalo de la cama! Y no te vayas a ningún sitio, puede que te necesite.

—Vivo aquí —le recordó Mervyn—. Y no me parece buena idea que se altere tanto. Podríamos lamentarlo.

—¡Haz lo que te he pedido, Merv! Y deja de utilizar el plural mayestático, me saca de quicio. Sírveme un whisky, anda.

—No —dijo el mayordomo—. A eso me niego.

# Capítulo 7

**B**RIDGET se despertó a la mañana siguiente en los brazos de Adam.

–Me encanta estar así –murmuró.

–Yo no he hecho nada –dijo él.

–No tienes que hacerlo, ya hiciste más que suficiente anoche.

Adam le dio un toque en la nariz con un dedo.

–Eres fácil de complacer –después de besarla, la colocó tiernamente sobre su pecho y Bridget cerró los ojos–. Anoche estuviste muy simpática con mi tío.

–Fue una suerte. Al ver el cuadro del caballo recordé que me habías hablado de su pasión por la Copa de Melbourne... además, me cayó estupendamente.

–Y tú a él.

–¿En serio?

–Desde luego que sí –dijo Adam–. ¿Qué quieres hacer hoy?

Bridget se incorporó.

–¿Tienes el día libre?

–Sí... bueno, me lo voy a tomar libre. Había pensado que podríamos...

–¿Por qué me preguntas si me apetece hacer algo si ya lo tenías planeado? –lo interrumpió ella.

–No me mires con esa cara de enfado. Pareces una gobernanta.

–Mi padre solía hacer eso.

–¿Qué?

–Le decía a mi madre: «podemos hacer esto o lo otro». Pero si mi madre elegía «esto», él la convencía para hacer «lo otro».

–Bueno, muy bien. ¿Qué te apetece hacer hoy, Bridget? –le preguntó Adam, con elaborada cortesía.

Ella fingió pensar en varias posibilidades.

–Me gustaría pasar el día contigo. Eso es todo.

–Yo había pensado otra cosa...

–¿Lo ves?

–Calla, tonta –Adam le dio un pellizco en la nariz–. Como suelo pasar mi tiempo libre en Mount Grace, no tengo casa en la costa, de modo que vivo en un hotel. Y había pensado que podríamos ir a ver casas. Necesitamos un sitio en el que vivir... la cuestión es si te gustaría una casa o un apartamento.

–Si te refieres a un ático o un dúplex carísimo... no, creo que prefiero una casa. Parece más apropiada para un niño y no me gustan los ascensores. Además, es muy agradable poder tumbarse en la hierba... no puedo creer que esté diciendo esto.

–¿Por qué no? Es lo más lógico.

–Sí, pero... no quiero que te gastes mucho dinero y va a ser un cambio de vida tremendo para mí.

–Hablando sobre cambios de vida, ¿cuándo nacerá el niño?

–En diciembre... bueno, eso es lo que yo creo. Aún no he ido al ginecólogo.

–Muy bien, eso es algo que también podemos hacer hoy.

–¡Pero si no tengo cita!

–Con mi médico no hay ningún problema –Adam sonrió.

–La vida es mucho más sencilla cuando eres multimillonario, ¿verdad? Nada se pone en tu camino.

–Algunas cosas sí, te lo aseguro.

–Tal vez cosas importantes, pero las pequeñas cosas se resuelven enseguida.

Adam se encogió de hombros.

–También tenemos que buscar una fecha para la boda.

–No, hoy no –Bridget se puso firme–. Ya tendremos tiempo para eso.

–Pero como vamos a casarnos, lo lógico es que busquemos una fecha lo antes posible.

Discutir con él era como hacerlo con una pared, pensó Bridget. Además, había aceptado casarse y estaba embarazada, de modo que no tenía ningún sentido retrasarlo.

Pero era algo más que eso, pensó. La noche anterior se había dado cuenta de que estaba locamente enamorada de Adam. La noche anterior se había acostado con él y había disfrutado de cada minuto. Especialmente estando cansada, apreciaba su paciencia, su tierno amor en contraste con los fuegos artificiales de la última vez.

–Será mejor que se lo cuente antes a mi madre.

–¿Crees que ella te haría cambiar de opinión? –Adam se sentó bruscamente sobre la cama–. Es demasiado tarde para eso, Bridget.

–No, yo...

–Sé que todo esto es un cambio enorme, pero cuanto antes nos pongamos en marcha, antes te acostumbrarás y más fácil será para ti, ¿no te parece?

Bridget levantó la mirada, pero Adam no pudo leer lo que había en sus ojos.

–También va a ser un cambio enorme para ti.

–Por supuesto, pero yo estoy deseando. Y tener nuestra propia casa, una que tú puedas poner a tu gusto, ayudará mucho.

Bridget pensó en Mount Grace. La verdad era que tenía razón. La sombra de su madre parecía pesar sobre ella en aquel apartamento.

Y entonces tomó una decisión.

–Muy bien, iremos a ver casas e iremos al ginecólogo. Pero aún tengo que hablar con mi madre... no, no voy a dejar que ella me haga cambiar de opinión, no te preocupes. Pero mi madre tiene que estar en mi boda, de modo que habrá que elegir una fecha dependiendo de ella.

–Mientras no tengamos que esperar mucho...

Más animado, Adam la tomó entre sus brazos.

–Esto es un chantaje –bromeó Bridget.

–Lo es –asintió él–. Has despertado al pirata que hay en mí, señora Smith.

–¿Un pirata? Un traidor también.

Adam la besó la nariz.

–No seas mala.

–Me rindo –dijo Bridget, riendo–. Es imposible decirte que no, señor Beaumont.

Un poco después, Adam se levantó enérgicamente de la cama y anunció que estaba muerto de hambre.

–Ayer experimenté con té negro y tostadas y no tuve náuseas, así que creo que tomaré eso –dijo Bridget–. Y me parece que no debería ni pensar en hacer el desayuno.

–No te preocupes, yo me encargo de todo –dijo él–. Incluyendo el té negro.

–¿Sabes cocinar? –le preguntó Bridget, sorprendida.

–Soy bastante limitado en la cocina, pero después de terminar la carrera pasé un año trabajando en un rancho. Beicon con huevos es algo que se me da bien. ¿Tienes mermelada de ciruela?

–Pues no. ¿Te gusta?

–Me hice adicto en el rancho. Solíamos comprarla en unos tarros enormes y, aparte del azúcar, era lo único dulce que tomábamos.

–¿Y la mermelada de fresa?

–También me vale.

–Ah, ahora entiendo tu experiencia con hachas y cuerdas –dijo Bridget entonces–. Aprendiste en el rancho.

–Eso es.

Cuando iba hacia la ducha, Adam se detuvo para estudiar un cuadro de la pared, un cuadro pintado por Bridget. Era una flor de color coral sobre un fondo de un negro aterciopelado.

–Me dijiste que no eras una gran pintora, pero no es verdad.

–Soy normal y corriente.

–No estoy de acuerdo –dijo Adam–. De hecho, me sorprendería mucho que tu nueva carrera no fuese esta. ¿Has vuelto a pintar?

–Aún no. No he tenido tiempo.

Bridget se quedó en la cama mientras Adam se daba una ducha, oyéndolo cantar con una voz agradable y ronca que la hizo sonreír. También Adam parecía estar contento, pensó, aunque ella no fuese el amor de su vida...

Acudió a la consulta del ginecólogo por la tarde y su embarazo quedó oficialmente confirmado. También vieron varias casas y se enamoraron de una de ellas.

Estaba en la orilla del río Nerang, detrás de Surfers Paradise, de modo que era un sitio muy tranquilo, con un bonito jardín y un muelle privado. Necesitaba algunas reformas, nada importante, de modo que podría ocupar su tiempo en eso.

Le pidió a Adam que no le dijera cuánto costaba, aunque sabía que en esa zona las casas eran muy caras. Por supuesto, él se encogió de hombros y al día siguiente el contrato estaba firmado.

Aún tenía dos semanas de vacaciones, pero cuando mencionó que tendría que volver a la cadena de televisión, Adam sugirió que renunciase al trabajo y volviese a pintar.

Cuando Bridget vaciló, Adam le recordó que ella misma le había dicho que no estaba contenta con su trabajo. Y también dejó caer que Julia se había marchado del país para trabajar como corresponsal en Singapur...

—¿Tú has tenido algo que ver con eso?

Estaban cenando en un café italiano muy elegante. Los manteles eran rojos, las copas de brillante cristal, el aire estaba lleno de aromas y la carta ofrecía una enorme variedad de pasta.

—Sí —contestó Adam, jugando con su copa.

—¿Por qué? ¿Y por qué no me lo habías dicho? ¿La has coaccionado para que se fuera?

—En cierto modo —admitió él—. Le dije que hacer circular rumores sin sentido no era algo que me tomase a la ligera.

—Pero eran ciertos —señaló Bridget.

—No, entonces no lo eran.

—Pero tu hermano...

—Bridget, mi hermano es un hombre casado y con hijos. No estoy intentando excusarlo, pero Julia sabía dónde se metía, ¿no te parece?

—Sí, bueno, supongo que sí. Pero debes de haberla amenazado con algo.

—Hemos llegado a un acuerdo. Y es un trabajo mucho más interesante que el que tenía aquí.

Los dos iban vestidos de manera informal ese día; ella con una blusa a juego con el color de sus ojos, él en vaqueros y chaqueta de sport sobre una camiseta blanca. Pero se le ocurrió que llevase lo que llevase, incluso despeinado por el viento después de su paseo por la playa, resultaba imposible olvidar que era un hombre poderoso, capaz incluso de echar a Julia Nixon del país.

Y también había conseguido lo que quería de ella.

Y no solo poderoso, sino sexy.

Julia tenía razón y a Bridget no se le escapaba la reacción de otras mujeres. Tampoco ellas podían apartar los ojos de Adam Beaumont...

¿Qué podría hacer si algún día Adam decidía ser su enemigo?

—¿Te habló de mí?

—Sí —contestó él—. Me dijo que te dejase en paz. Un consejo que no pienso seguir, naturalmente.

—¿Sigues queriendo controlar la empresa Beaumont?

—Desde luego —Adam tomó una porción de pasta con el tenedor—. Pero no gracias a Julia Nixon.

—¿Entonces no te vas a aprovechar de esos rumores?

—No he hecho nada. Ya llegará el momento.

Bridget no dijo nada más sobre el tema, pero se le ocurrió que Minería Beaumont era un factor que no podía descartar en su relación con Adam Beaumont por la sencilla razón de que podría significar para él más que ninguna otra cosa.

Al día siguiente, Bridget escribió un largo e-mail a su madre, que aún no había vuelto de pasar «unos días» en el campo. Pero no lo envió.

Sabía que su madre tenía un vago concepto del tiempo y tanto ella como su nuevo marido eran arqueólogos aficionados, así que podía imaginarlos en alguna cueva, a cientos de kilómetros de la civilización, sin darse cuenta de que pasaban los días.

Aunque quería hablar personalmente con su madre, en cierto modo era más fácil tenerlo todo por escrito y lo guardó en la carpeta de borradores para tenerlo a mano cuando hablase con ella.

Al ver esos datos en la pantalla, Bridget se paró un momento para pensar en su nueva vida. Y en la velocidad con la que habían llegado todos esos cambios. Ni siquiera sabía qué iba a hacer con su trabajo...

Sabía que Adam estaba impaciente por fijar una fecha para la boda. De hecho, indirectamente, tendrían su primera pelea seria por ese motivo...


Adam la llamó por la mañana para invitarla a cenar esa noche.

—¿Qué clase de cena?

—Formal, de etiqueta —contestó él, nombrando un restaurante de cinco tenedores del que Bridget había oído hablar y que estaba en el hotel en el que se alojaba—. Es una cena de negocios y la mayoría de los invitados son coreanos. Estoy trabajando con un consorcio coreano en este momento.

—Pero no tengo mucho tiempo...

—¿Tienes algo que hacer hoy?

Bridget se mordió los labios.

—No, la verdad es que no. Pero cuando dices formal, ¿te refieres a vestido largo y todo eso?

–Sí, claro. ¿Algún problema?

–No, en absoluto.

–Esa es mi chica. Si yo no puedo ir, Trent irá a buscarte a las ocho. Nos vemos en el restaurante.

Cuando colgó, Bridget miró el teléfono, perpleja.

De modo que así era como los hombres de negocios hacían las cosas. Tal vez era una especie de prueba para ver cómo se le daba relacionarse con sus socios...

Y no le quedaba más remedio que ir de compras.

Fue Trent quien llamó al timbre a las ocho en punto y, al verla, lanzó una exclamación de sorpresa.

–¡Perdóneme, pero está usted absolutamente increíble!

Bridget se miró en el espejo. En lugar de un vestido de noche llevaba un pantalón de tafetán color marfil, unas sandalias plateadas que eran lo último ese año y un top plateado sobre una camisola de seda. Su pelo recién lavado tenía un aspecto brillante, llevaba las uñas pintadas a juego con los labios y como única joya el anillo de compromiso.

–Gracias, Trent. Espero que sea un atuendo apropiado, no estoy muy segura.

–Los va a dejar de piedra –le aseguró el ayudante de Adam.

Era una opinión que Adam parecía compartir cuando Bridget llegó a la suite. Él iba de esmoquin, pero la chaqueta colgaba sobre el respaldo de una silla, su pelo oscuro estaba despeinado.

Adam soltó el móvil en cuanto la vio y lanzó un silbido.

–Gracias –dijo ella–. Todos los vestidos que me probé me hacían sentir gorda.

–¿Gorda tú?

Bridget asintió con la cabeza.

–Parece que aún no hay ningún cambio, pero debe de haberlos porque así era como me sentía.

–Yo podría darte mi opinión, pero para eso sería necesaria una inspección minuciosa... y tendría que quitarte la ropa.

Bridget se puso colorada al notar que la miraba de arriba abajo como si estuviera desnudándola.

–Gracias, pero creo que... no me hace falta.

Adam miró su reloj.

–Tenemos media hora.

–¿No lo dirás en serio?

–No se me ocurre nada mejor que hacer en este momento.

Sus miradas se encontraron y, de repente, Bridget se imaginó las manos de Adam sobre su cuerpo, desnudándola poco a poco, reduciéndola a una masa de carne trémula. No de manera juguetona, como hacía a veces, sino en silencio, mirándola con esa expresión seria que hacía que se derritiese.

–Adam... si estás pensando lo que yo creo que estás pensando...

Él sonrió, travieso, mientras tomaba su mano.

—¿Podemos quedar para desnudarte y hacerte el amor después de cenar, señora Smith?

Aliviada, Bridget soltó una risita.

—Podemos, señor Beaumont.


La cena fue un éxito.

Bridget charló con los cincuenta invitados y recibió muchos halagos por su atuendo, a menudo con cierta dificultad porque los invitados no hablaban bien su idioma, pero el mensaje era bien claro. Nadie se mostró sorprendido de que Adam Beaumont tuviese prometida, pero muchos de los invitados eran del otro lado del mundo y tal vez ni siquiera entendían la situación.

Cuando volvieron a la suite, Bridget se sentía contenta, pero estaba agotada.

—Debería irme a casa —murmuró, disimulando un bostezo.

—¿No vas a quedarte aquí? —le preguntó Adam.

—No sé si debo...

—¿Por qué no? Estamos prometidos.

—Ya lo sé, pero... es que no he traído pijama.

—¿Y qué más da? —Adam soltó una carcajada—. Aquí hay albornoces, pasta de dientes, todo lo que puedas necesitar.

—Pero tendré que volver a casa mañana llevando la misma ropa —Bridget señaló el top plateado y las sandalias—. Sería un poco raro salir así a plena luz del día, ¿no?

—Tonterías, nadie se fijará en eso.

–Me fijaré yo –replicó ella, levantando la barbilla.

–Podrías bajar en el ascensor hasta el aparcamiento, no te vería nadie.

–Pero podría encontrarme con alguien en el ascensor.

Adam dejó escapar un suspiro de irritación.

–Entonces podría enviar a alguien a tu casa a buscar algo de ropa.

–¿A quién, a Trent? No, gracias. No quiero que nadie toque mis cosas.

–Bridget, si hubieras aceptado vivir conmigo... o si dejaras de buscar excusas para que no nos casemos de inmediato, no tendríamos este problema.

–Podrías dormir en mi casa –sugirió ella.

–Es la una de la mañana y estamos al otro lado de la ciudad.

Bridget se levantó para tomar su bolso.

–Entonces me iré sola. Por cierto, no estoy buscando excusas y ni siquiera sé si voy a casarme contigo.

Adam la sujetó del brazo cuando iba a salir de la suite.

–No sabía que fueras tan puritana, aunque sí sabía que tienes mucho carácter.

–Y, además, no me apetece quedarme. Así que, por favor, suéltame.

–A mí sí me apetece que te quedes y se me ocurre una idea: ¿qué tal si mañana por la mañana llamo a la boutique del vestíbulo para que suban algo de ropa? Ni siquiera tienen que verte y podrías marcharte de aquí con otro vestido. No entiendo por qué te importa tanto, pero como está claro que es así...

–Yo te diré por qué me importa –dijo Bridget, con los dientes apretados–. Si saliera de aquí con un traje de noche parecería un revolcón, un encuentro furtivo. Sería algo vulgar y de mal gusto.

Adam se encogió de hombros.

–Entonces estamos de acuerdo en comprar algo de ropa en la boutique.

–¡No! Lo que me gustaría que entendieras...

Él la interrumpió tomándola por la cintura para buscar sus labios. Bridget luchó brevemente, pero perdió la pelea. Como le ocurría siempre con aquel hombre.

–Lo siento, debería haberlo entendido –se disculpó Adam después–. Intentaré ser más comprensivo en el futuro.

Y, a pesar del brillo burlón que había en sus ojos, Bridget sintió que se derretía...

–¿De verdad te parecía una bobada? –Bridget hizo esa pregunta una hora después, tumbada a su lado en la cama–. No, no contestes –dijo luego, pasándose una mano por el pelo–. Estoy hablando conmigo misma.

–¿Ah, sí?

–Estoy intentando juzgar si mi reacción ha sido exagerada o no.

Adam besó la curva de su hombro.

–Yo que tú no me preocuparía por eso.

–Pero es que me preocupa. Quiero decir, me gusta tener las cosas claras y no sé... se me ocurrió que pasaría vergüenza si me encontraba con alguien en el vestíbulo.

–Lo entiendo, Bridget. Disculpa que no lo entendiese antes.

–¿Me dará menos vergüenza salir de aquí con un pantalón vaquero y un jersey?

–Bridget... –Adam se incorporó un poco, riendo–. Si recuerdas que estamos prometidos y salimos de aquí a una hora prudente, todo será muy fácil. Y estoy de acuerdo contigo: habrías resultado llamativa con un traje de noche. ¿Contenta?

Bridget lo abrazó.

–Sí, contenta.

–Bueno, aún tengo algo que hacer... una inspección –le recordó Adam–. Aunque a mí no me parece que estés nada gorda.

Bridget soportó la «inspección» intentando contener la risa al principio, pero cuando él puso un dedo sobre sus pezones, tuvo que contener el aliento.

–Tienen un aspecto diferente –murmuró Adam, tirando suavemente de ellos–. Más oscuro. Pero me encanta la diferencia.

–Aún falta mucho tiempo, ocho meses. Me imagino que habrá muchos cambios.

–Y el tiempo pasa.

Bridget contuvo el aliento, convencida de que iba a decir algo sobre su boda.

Pero no lo hizo. Se limitó a buscar sus labios para besarla y hacerle el amor de nuevo. Ella respondió al placer que le daba con toda su pasión y se preguntó, al mismo tiempo, por qué no se casaba con él de inmediato.

¿Por qué quería esperar?

Tal vez porque era lo único que ella podía decidir. Porque no quería decirle que sí a todo.


Los días siguientes pasaron en un suspiro. Comieron juntos a menudo y en una ocasión fueron a Mount Tamborine para almorzar en un fabuloso restaurante en medio de un jardín lleno de flores.

Adam la llevó también a ver uno de sus últimos edificios y la obligó a ponerse un casco porque las obras no habían terminado. Bridget se quedó sorprendida ante la vista desde la última planta, pensando en lo poderoso que era aquel hombre.

Seguía insistiendo en no mudarse al hotel, de modo que él había llevado parte de su ropa al apartamento, aunque ocasionalmente dormía en el Marriott.

Cuando se quedaba con ella, Bridget descubrió que nunca se acostaba antes de medianoche, pero siempre se levantaba a la seis de la mañana. Y siempre iba a nadar o a correr. Y si había pensado que estaba guapo con un traje de chaqueta, lo estaba mucho más cuando volvía de hacer ejercicio, con el cabello despeinado y la sombra de barba...

–Ese es mi leñador –le había dicho una mañana, cuando se sentó en la cama para tomarla entre sus brazos.

–Y esta es mi señora Smith –dijo él–. Ni empapada ni con maquillaje, sino al natural.

Una mañana, Adam llegó a casa con un perro.

–¿Qué significa esto? –exclamó Bridget cuando el enorme perro de pelaje amarillo entró en el salón tranquilamente.

–Es Rupert, según su collar. Aunque no hay más información. Lo he encontrado en la playa, solo y seguramente perdido. Y no se ha separado de mí desde entonces.

–Pero... –Bridget empezó a reírse–. ¿Qué piensas hacer con él?

–Esperaba que llamases a la Protectora de Animales para pedirles que vengan a buscarlo. Podría llevar un microchip. Desgraciadamente... –Adam miró su reloj– yo llego tarde a una reunión. Tengo que irme.

Rupert se colocó frente a la puerta del baño mientras se duchaba y Bridget intentaba hablar con los de la Protectora. Pero tendrían que esperar unas horas para que fuesen a recogerlo porque no era una emergencia, le contó a Adam después.

Él se hizo el nudo de la corbata frente al espejo y se guardó las llaves en el bolsillo.

–Esto podría ser una emergencia. ¿Te importaría cuidar de él hasta que lleguen?

Bridget miró al animal, sentado a los pies de Adam.

–Si Rupert está de acuerdo...

—Solo es un perro.

—Ya lo sé, pero tengo la impresión de que está muy encariñado contigo.

Y así era, porque cuando Adam salió, Rupert se sentó frente a la puerta y empezó a emitir unos aullidos que le romperían el corazón a cualquiera.

Adam tuvo que volver a entrar, perplejo.

—¿Qué vamos a hacer? —le preguntó Bridget—. Además, me parece que en este edificio no se pueden tener perros.

—Tendré que llevármelo a la oficina, Trent puede encargarse de él. Por favor, llama a la Protectora y diles que vayan a buscarlo a mi oficina.

Salieron juntos, Adam y el perro, y Bridget, en la ventana, soltó una carcajada al ver que el animal saltaba al asiento del BMW. Rupert ocupó su puesto de copiloto con aplomo, mirando hacia delante.

Se estuvo riendo durante el resto del día y mucho más cuando volvieron, a las cinco.

—¿Qué ha pasado con los de la Protectora?

Adam miró al perro mientras se quitaba la chaqueta.

—No es cosa de risa. Rupert intentó morder a Trent y se niega a ir con los de la Protectora. Cuando intentaron ponerle el collar se volvió loco, así que me lo llevé a la reunión. A tres reuniones, en realidad. Se ha portado de maravilla, sentado a mis pies. Le puse un cuenco con agua cuando parecía sediento y no ha dicho ni guau.

Bridget soltó una carcajada.

—Por favor...

–No es cosa de risa, en serio. ¿Tú sabes lo traumatizada que está la gente de mi oficina? Las chicas no quieren que me deshaga de él y pensé que Trent iba a presentar la dimisión.

Bridget le ofreció un vaso de whisky.

–Bueno, ya se arreglará.

El timbre sonó poco después y, afortunadamente, era un miembro de la Protectora con dos adolescentes. Rupert empezó a ladrar, entusiasmado, al ver a los chicos.

–No saben cómo ha podido perderse, pero son nuevos en la zona.

Antes de marcharse, Rupert se sentó frente a Adam como esperando una despedida formal.

–Debo decir que eres un buen perro –murmuró él, acariciando su cabezota.

Y, casi como si hubiera entendido sus palabras, Rupert lamió su mano antes de volverse hacia sus dueños.

Bridget cerró la puerta y Adam, suspirando, se dejó caer en el sofá.

–Deben de estar riéndose de mí en todas partes.

–Al contrario, está claro que hay algo en ti con lo que es fácil encariñarse –dijo ella, sentándose a su lado.

–Ah, ¿te has dado cuenta?

–Viendo tal afecto canino no podía dejar de notarlo.

–¿Entonces cuándo vas a casarte conmigo?

Bridget se puso seria.

–Aún no he hablado con mi madre.

–Pero si fijáramos la fecha para dentro de quince días, por ejemplo, supongo que ya habrías hablado con tu madre.

–Sí, me imagino que sí.

–¿Entonces por qué no empiezas a pensar en vestidos, lunas de miel y todo eso?

¿Fue entonces cuando todo empezó a desmoronarse?, se preguntaría Bridget más tarde.

Le había preguntado qué clase de ceremonia le gustaría y, sonriendo, Adam contestó que la que ella quisiera... ¿pero qué tal sonaba una ceremonia privada y discreta?

–Ya estás otra vez, siempre decides tú –protestó Bridget.

Aunque le confesó casi inmediatamente que una ceremonia discreta era lo que ella misma iba a sugerir.

Estaba convencida de que amaba a Adam, especialmente ese lado humano que había visto aquel día y la noche que se conocieron, de modo que aplastó las reservas que tenía hacia ese matrimonio. Enterró el instinto que le decía que debía esperar porque era algo que no entendía de todas formas.

Pero al día siguiente todo estuvo más claro.

Marie-Claire Beaumont anunció la separación de su marido, Henry, alegando diferencias irreconciliables. Los dos hijos de la pareja, de cuatro y dos años, se habían ido a vivir con la madre, según decía el periódico.

En el mismo artículo señalaban que algunos de los accionistas de Beaumont habían pedido una reunión urgente del consejo. Y, aunque nadie había hecho un paralelismo sobre las ratas abandonando el barco, si uno leía entre líneas veía muy clara la relación. Aquella separación iba a afectar a mucha gente.

Adam se había ido a Adelaida por asuntos de negocios y Bridget no podía saber cómo lo había afectado la noticia, pero no tenía la menor duda sobre cómo la había afectado a ella.

Ese escondido y misterioso instinto enterrado en su psique seguía intentando llamar su atención. ¿Qué significaba Marie-Claire para Adam? No se podía amar a un hombre y no preguntarse por eso. Había pasado por alto la cuestión cuando Marie-Claire estaba casada, pero si se divorciaba de Henry y era libre...

¿De verdad había diferencias irreconciliables entre Henry y ella o estaría abandonando un barco que se hundía? ¿Habría contribuido Julia al divorcio?

Cuando Adam volvió a casa, dos días más tarde, fue imposible saber qué pensaba sobre el asunto porque la noticia que llevó con él era traumática: la muerte de su tío Julius, que había fallecido tranquilamente mientras dormía.

–Lo siento muchísimo –dijo Bridget cuando Adam llamó para darle la noticia–. Sé que significaba mucho para ti.

–Gracias –murmuró él–. El funeral será pasado mañana. ¿Vas a ir?

–Sí, claro. Si tú quieres...

–¿Por qué no iba a querer?

–No sé si alguien sabe lo nuestro, aparte de tu tío, Trent y unos empresarios coreanos.

–Mi tío era el único que importaba, pero es hora de que lo sepa todo el mundo –dijo Adam–. Volveré mañana por la mañana, Bridget. Cuídate mientras tanto.

–Lo haré –le prometió ella. Pero se sintió angustiada después de colgar el teléfono.

¿Quería aparecer en público en un momento tan triste?, se preguntó. ¿Quién acudiría al funeral?

Por supuesto, la boda tendría que esperar. Aunque ella ni siquiera había empezado con los preparativos...

Marie-Claire Beaumont acudió al funeral de Julius, sorprendentemente con su marido. Y, como Bridget había imaginado, era una mujer a la que resultaba imposible ignorar.

Alta, de pelo rubio y preciosos ojos grises, el negro le sentaba de maravilla y el vestido de diseño destacaba su esbelta figura y sus largas piernas.

No era ninguna sorpresa para ella porque sabía que Marie-Claire era especial, pero no había anticipado que su belleza, y su historia con Adam, la abrumasen de ese modo.

Bridget intentó pensar en los ganadores de la Copa de Melbourne, pero no podía dejar de mirar a Henry Beaumont. Julia tenía razón: era alto y apuesto como Adam, pero había muchas diferencias entre los dos hermanos. Mientras que Adam tenía una innata confianza, Henry parecía descontento, inquieto. Era como si le faltase algo y, aunque solo tenía cuatro años más que Adam, parecía mucho mayor.

Después del funeral, los invitados se reunieron en el apartamento de Julius, con Mervyn controlando a un discreto ejército de camareros.

Todo empezó en silencio pero, poco a poco, las conversaciones subieron de volumen. Mucha gente había ido a celebrar la vida de Julius Beaumont y no solo a lamentar su fallecimiento.

Nadie se fijaba en Bridget porque todo el mundo estaba pendiente de Marie-Claire, que se había alejado de Henry en cuanto desaparecieron los fotógrafos.

Cuando Adam se la presentó, Marie-Claire levantó una ceja y sonrió dulcemente. Aparte de murmurar un saludo no dijo nada, pero la mirada que lanzó sobre Adam era claramente un reto y lo que dijo después, una invitación:

—Seguramente pensabas que no lo haría, ¿verdad? —le preguntó, señalando a su marido con la cabeza—. Pero lo he hecho, cariño, y ahora soy libre.

Cuando se alejó hacia el otro lado del salón, Bridget se dio cuenta de que Adam estaba tenso.

Esas palabras contenían un claro mensaje. Debía de pensar que ella no sabía nada sobre su relación con Adam y no parecía verla como una amenaza en absoluto aunque estaba prometida con él.

Veinte minutos después, sin dejar de darle vueltas a la cabeza, Bridget le dijo que quería irse a casa.

–¿Te ocurre algo? –preguntó él–. ¿Estás bien?

–Sí, estoy bien, pero tengo calor y sé que tú no puedes marcharte ahora mismo. No te preocupes, tomaré un taxi.

–Podrías descansar aquí, en alguna de las habitaciones. Hay que hacer la lectura del testamento y...

–No –lo interrumpió ella–. De verdad, quiero irme a casa para cambiarme de ropa. Estoy muy cansada.

Adam la acompañó abajo y, después de parar un taxi, prometió reunirse con ella en cuanto leyesen el testamento.

Ninguno de los dos sabía que eso iba a durar más de lo que habían anticipado...

# Capítulo 8

CÓMO demonios ha podido pasar esto? –exclamó Adam, dirigiéndose al abogado de Julius, Mark Levy–. Le dije que no las quería.

Estaban solos en la biblioteca y, aparte de Mervyn, solos en el piso.

Henry se había ido mascullando improperios y Marie-Claire se había marchado también, pero Adam no fue capaz de descifrar su expresión.

En cuanto a Mervyn, estaba sentado en la cocina, en mangas de camisa, tomando champán y contemplando con asombro la cantidad que había recibido del hombre que había sido su jefe y amigo durante tantos años.

–Julius me llamó una noche hace una semana –contestó Mark–. Quería cambiar su testamento. Yo intenté convencerlo de que lo pensara durante unos días, pero él insistió.

–¿Y dejaste que lo cambiase? –exclamó Adam.

–¿Qué iba a hacer? Vine a verlo unos días más tarde para comprobar por mí mismo que estaba en posesión de sus facultades mentales y vi que así era. Julius insistió y yo no pude hacer nada.

–¿De modo que no se puede tocar?

Mark Levy se encogió de hombros.

–No se puede tocar.


Bridget llevaba un chándal azul marino y calcetines cuando Adam llegó a su apartamento varias horas después.

Para olvidarse de sus demonios había hecho pasta con gambas y guisantes, pero mientras cocinaba no podía dejar de pensar en la escena que había tenido lugar en el piso de Julius, entre Adam y Marie-Claire.

No podía apartar de sí la convicción de que estaban hechos el uno para el otro. Y era indudable la tensión de Adam cuando hablaba con ella.

–¿Todo solucionado? –le preguntó.

Él tardó unos segundos en contestar mientras se quitaba la chaqueta.

–Más o menos –dijo por fin, dejándose caer en un sillón.

Parecía cansado y abrumado, un poco como aquella noche en el valle de Numinbah, cuando le contó cierta historia...

–Mi tío te ha dejado las fotografías de los ganadores de la Copa Melbourne.

Bridget levantó las cejas, sorprendida.

–¿A mí? Qué detalle tan bonito.

–Sí, pero a mí me ha dejado sus acciones de Minería Beaumont.

–Deberías haberlo esperado, ¿no?

–No, le dije que no las quería.

–Pero tenía que dejárselas a alguien y tú eras su sobrino favorito –objetó ella.

–Yo no las quiero, sencillamente.

–¿No quieres que nadie piense que te han puesto la compañía Beaumont en bandeja?

–Quería ganarle a Henry de manera justa.

Bridget respiró profundamente.

–¿Por Marie-Claire? ¿Para demostrarle que eres más inteligente, más poderoso... o lo que sea?

Adam se pasó una mano por el pelo.

–No, claro que no.

Bridget se dio cuenta de que, al mencionar a Marie-Claire, había vuelto a ponerse tenso.

–Quiero contarte por qué decidí volver a casa...

–¿No dijiste que estabas cansada?

–No, no era eso. Tu cuñada lanzó el guante con toda claridad. Está libre... o lo estará dentro de poco, no pudo dejarlo más claro.

Adam se levantó entonces.

–¿Crees que quiero estar con ella? ¿Crees que la admiro porque ha dejado a Henry cuando mi hermano está luchando por su negocio?

–Podría haberlo dejado porque le es infiel –replicó Bridget–. En cualquier caso, siempre he sospechado que no has podido olvidarte de Marie-Claire.

–Bridget...

–No –dijo ella, levantando una mano–. Por eso no estaba segura de si debía casarme contigo. Sí, parecía la mejor idea cuando me quedé embarazada. Y tú me empujabas a hacerlo, pero ahora... no sé si es lo mejor.

–Yo no te empujo a hacer nada –replicó Adam, con cierta brusquedad–. Es que me parece lo mejor para todos.

–¿Tú también habías oído los rumores sobre tu hermano y su mujer cuando volvimos a encontrarnos?

–¿Qué...? ¿Qué tiene eso que ver?

–Podría explicar muchas cosas –dijo Bridget–. Podría explicar por qué insistías tanto en casarte conmigo, por ejemplo.

–Eso no es verdad.

–Creo que sigues encontrándola fascinante.

–Sé que tú crees que es así. Lo supe esa noche, en el cobertizo, cuando me diste consejo sin conocerme de nada. Pero te equivocas, Bridget.

–Yo creo que no me equivoco. Creo que... este niño y yo somos como un escudo para ti, por si acaso sintieras la tentación de perdonar a Marie-Claire.

–Todo eso son tonterías, cosa de tu imaginación.

–Puede que tú lo veas así, pero yo no lo creo –Bridget se acercó a la ventana–. Había algo que me retenía, algo que me decía que casarnos no era lo mejor. No entendía qué era, pero ahora está claro. Lo que sientes por esa mujer...

–Yo no siento nada por Marie-Claire, así que vamos a olvidarnos de esas bobadas. Y vamos a casarnos... mañana mismo. No pienso aceptar una negativa.

–Vas a tener que aceptarla, Adam. Marie-Claire será libre cuando se divorcie de tu hermano porque eso es como admitir que cometió un error al casarse con él. No te preocupes, no acabarás solo –dijo Bridget, sin poder disimular su amargura. Pero cuando se volvió para mirar hacia la ventana de nuevo, pensó estar viendo visiones–. ¡No me lo puedo creer!

–¿Qué pasa?

–¡Es mi madre! Acaba de entrar en el edificio con una maleta en la mano. Y el taxi se marcha...

Bridget se llevó una mano al corazón.

# Capítulo 9

CARIÑO, no quiero que te disgustes –dijo Mary Baxter, antiguamente Mary Tully-Smith–. No es el fin del mundo.

Bridget levantó el rostro lleno de lágrimas.

–¿Cómo puedes decir eso? ¡Ojalá no supiera nada de la familia Beaumont!

–De haberlo sabido, no me habría marchado...

–Esto podría haberme pasado aunque viviéramos en la misma calle –Bridget se secó las lágrimas con la mano.

–¿Y qué piensas hacer? –le preguntó su madre.

Ella suspiró. Seguramente, nunca olvidaría la escena que tuvo lugar cuando abrió la puerta. Su madre la abrazó, contándole que había decidido darle una sorpresa... y entonces vio a Adam. Y cuando los presentó, Bridget se dio cuenta de que estaba impresionada.

–Encantada de conocerte, Adam. Puedo llamarte Adam, ¿verdad?

–Sí, claro.

Entonces su madre había visto el anillo de compromiso.

–¿Esto es lo que creo que es? –exclamó–. ¿Cómo no me habías dicho nada, cariño? Bueno, claro que, he estado fuera... ¡enhorabuena!

Adam le había explicado que estaban prometidos, pero que las cosas se habían complicado un
poco y sabía que Bridget quería hablar con ella a
solas, de modo que tenía que irse. Pero antes de hacerlo se volvió hacia Bridget, con un brillo de ad-
vertencia en los ojos, para decir que la llamaría al
día siguiente. Y después salió del apartamento, dejando a su madre boquiabierta.

Fue entonces cuando Bridget se dejó caer en el
sofá, llorando hasta que por fin logró calmarse y
contarle a su madre toda la historia.

–¿Qué voy a hacer? –murmuró, aceptando el pa-
ñuelo de su madre para sonarse la nariz–. Sé que
debes de pensar que estoy loca o algo así.

–No, cariño, yo sé lo complicado que es el amor.

–Pero él no me quiere, mamá. Bueno, yo sabía
que no estaba enamorado de mí, pero no sabía lo
que sentía por ella... antes Marie-Claire estaba en la
sombra, de modo que podía ignorarla. Pero ya no
puedo hacerlo.

–No, es cierto –asintió Mary–. Si tienes dudas,
lo último que debes hacer es casarte con él.

–Pero es que estoy embarazada, mamá.

Su madre se llevó una mano al corazón.

–Bueno, pero me tienes a mí. Yo estaré contigo
durante todo el embarazo. No te preocupes por eso,
no estarás sola.

Esa noche, en la cama, Bridget no recordaba haberse sentido más sola o más triste en toda su vida.

Sí, era consolador que su madre lo supiera todo por fin, ¿pero qué iba a decirle a Adam? ¿Cómo iban a resolver aquello?

Y luego estaba el problema de su madre, aunque le gustase tenerla cerca. Mary era muy testaruda y si insistía en quedarse con ella en Melbourne, podría destrozar su matrimonio. Yakarta estaba muy lejos y Richard aún tenía que estar allí nueve meses más. ¿Qué iba a hacer?

Por si todos esos pensamientos no fueran suficientemente angustiosos, se despertó en medio de la noche y, de manera instintiva, buscó a Adam con la mano... y lloró sobre la almohada al no encontrarlo.

Adam no estaba allí y no debía estar, ya no.

Y nada podía cambiar eso, pensó. Nada.

—Mamá, necesito hacerlo. Por favor, créeme.

Eran las seis de la mañana y el día había amanecido nublado, a juego con el estado de ánimo de Bridget.

—Sé que te aconsejé que no te casaras con Adam y sigo pensándolo. ¿Pero desaparecer sin decir nada? Hija, no me parece buena idea.

—Necesito estar sola para pensar. Si no lo hago, podría encontrarme casada con Adam —dijo Bridget con firmeza, aunque no se sentía muy firme. Al contrario.

—Adam no puede obligarte a hacer nada, cariño.

—Ya lo sé, pero es tan persuasivo... ese es el problema. Puede ser encantador, pero también una fuerza imposible de resistir.

–Ven conmigo a Yakarta entonces –sugirió Mary–. O iremos a Perth unos días. Richard está allí ahora, con su hija.

–No, gracias. Necesito estar sola durante unos días. Ni siquiera deseo que tú sepas dónde estoy, pero prometo llamarte por teléfono. Es lo mejor porque cuando Adam venga... si viene...

Mary Baxter se estiró, levantando la barbilla.

–Deja que venga por aquí, yo me encargaré de él. No puedo dejarte sola en un momento como este, hija. Si te vas, iré contigo... iremos donde tú quieras, pero juntas.

Bridget abrió la boca para decir algo, pero su madre siguió:

–Tú no eres la única testaruda en esta familia. No he deshecho la maleta, así que no tardaré nada en estar lista.


Bridget pasó dos semanas en Perth con su madre y Richard Baxter, en casa de su hija.

La única persona con la que se puso en contacto fue su jefe para pedirle una prolongación de sus vacaciones, pero no le había dicho dónde estaba.

Cada vez que sonaba el teléfono, aunque había dejado su móvil en el apartamento, y cada vez que sonaba el timbre de la casa esperaba que fuese Adam. Pero no era él.

Se enfadaba consigo misma por vivir con esa absurda esperanza, pero no podía creer que fuese tan difícil localizarla... si hubiera querido hacerlo.

O tal vez no. Adam no sabía el apellido de su madre y, aunque lo hubiese averiguado y descubierto que estaban en Perth, sería como buscar una aguja en un pajar al no conocer el apellido del marido de la hija de Richard.

A medida que pasaban los días perdió peso y habría dado cualquier cosa por encontrar la paz y la serenidad que el niño que llevaba dentro sin duda necesitaba.

Por un lado, estaba segura de hacer lo correcto, por otro, algunos días se sentía tan sola que le daba miedo ¿Y dónde iba a ir después de Perth? No podía estar huyendo para siempre.

—Cariño, he estado pensando... —empezó a decir su madre una tarde—. Creo que deberías volver a Melbourne y hablar con Adam. O al menos, llamarlo por teléfono. Yo iré contigo si decides volver.

—Pero tú misma dijiste...

—Sí, lo sé, pero fue un error. Me enfadé con él porque no te quería y... no estoy diciendo que te cases con Adam, pero ese niño es su hijo y tiene una responsabilidad hacia él, igual que tú.

Richard Baxter se aclaró la garganta.

—Yo opino lo mismo que tu madre. Pero decidas lo que decidas, los dos estaremos a tu lado.

Los ojos de Bridget se llenaron de lágrimas.

—Lo que me haría feliz es que vosotros dos siguierais siendo felices y no os preocuparais por mí.

Mary y su marido se miraron. Y había tanto amor y tanta confianza en esa mirada, que a Bridget se le encogió el corazón. Si hubiera algo así entre Adam y ella...

–Bridget –siguió su madre–, no puedes pensar solo en ti misma en este momento, cielo. Necesitas cierta estabilidad, eso es muy importante.

Dos días después, Bridget volvía a su apartamento. Sola. Era una pequeña victoria, aunque había prometido seguir en contacto con su madre a diario.

Hacía un día soleado, pero con una nota de invierno en el aire.

Bridget miró alrededor cuando llegó a su apartamento y se sintió feliz allí. Entre el correo había una carta de Levy & Cartwright, los abogados de Julius, informándole de que Julius le había dejado la colección de fotografías de caballos y pidiéndole que fuese a buscarlas.

Bridget tomó el móvil, que estaba donde lo había dejado antes de irse a Perth. Había desconectado el contestador, de modo que Adam solo podía haber intentado ponerse en contacto con ella a través del móvil. Pero cuando lo llevaba a la cocina para cargarlo, se le resbaló de la mano y cayó al suelo de baldosas haciéndose pedazos.

Bridget se inclinó para recoger las piezas, pero el móvil era historia.

Suspirando, fue a su habitación para deshacer la

maleta, pero cuando se sentó en la cama tuvo que cerrar los ojos. Desde que estaba embarazada podía quedarse dormida en cualquier momento y, además, había sido un vuelo muy largo desde Perth.

De modo que se tumbó, tapándose con el edredón, y durmió hasta la mañana siguiente.

Aunque alguien hubiera pasado por su apartamento para ver si las luces estaban encendidas, no sabría que estaba de vuelta en casa.

–Señorita Tully-Smith, encantado de verla –la saludó Mark Levy a la mañana siguiente.

–Gracias, llámeme Bridget. He venido a buscar las fotografías y también a pedirle un favor.

–Si puedo ayudarla, encantado –dijo el hombre–. Las fotografías están guardadas en una caja, solo necesito una firma.

Bridget firmó el documento y luego sacó una cajita del bolso.

–Me gustaría que le diera esto a Adam, si no le importa. Hay una nota dentro.

Mark Levy la miró en silencio durante unos segundos. Se había fijado en que no llevaba el anillo con la esmeralda que llevó el día del funeral de Julius. Tal vez eso significaba que habían roto. Y estaba muy pálida, además.

–Haré lo que pueda, pero ahora mismo no es fácil encontrar a Adam. Si es algo urgente...

–¿Es difícil de encontrar?

–Creo que se ha tomado unos días libres –dijo

Mark–. Dentro de un par de días será de dominio público, pero ha decidido ceder sus acciones de Minería Beaumont a su hermano, Henry. Desde que nos lo dijo no hemos vuelto a verlo.

Bridget parpadeó, sorprendida.

–Pero eso no era lo que su tío deseaba.

Mark Levy se encogió de hombros.

–Es mi opinión personal, pero yo creo que es absurdo intentar dirigir la vida de la gente desde la tumba.

–Sí, tiene razón –asintió Bridget, pensativa–. Pero no lo entiendo. ¿Ha ocurrido algo en la familia?

–Me temo que no puedo ayudarla porque no lo sé. ¿No ha estado en contacto con Adam?

Ella se aclaró la garganta.

–No, la verdad es que no. ¿Sabe si Marie-Claire ha vuelto con Henry?

–No tengo noticias de que lo haya hecho.


Bridget no fue a su casa, sino a la playa que había enfrente. Se sentó en una duna, su sitio favorito, bajo el sol, y dejó que el ruido de las olas, el canto de los pájaros y el cielo azul la animasen un poco. Esperaba que la arena y las olas que limpiaban la playa limpiasen también aquella terrible confusión que sentía.

Se llevó una mano al estómago mientras pensaba en el niño que llevaba dentro. ¿Sería un niño o una niña? ¿Tendría los ojos azules de los Beaumont o verdes como ella? En cualquier caso, ese niño era su prioridad en ese momento y nada podría cambiar quién era su padre.

Y como no podían vivir juntos en armonía, tendrían que llegar a algún tipo de acuerdo.

¿Pero por qué Adam había decidido no hacerse cargo de Minería Beaumont? Sí, le había dicho que no quería que nadie le regalase nada, pero era una herencia legítima, el último deseo de su tío.

Estaba segura de que, por encima de todo, Minería Beaumont era lo que más le importaba, la manera de vengarse no solo de Marie-Claire, sino de un padre que nunca lo trató bien.

Suspirando, tomó un puñado de arena y dejó que resbalase entre sus dedos, pensando en la nota que había guardado en la caja, junto con el anillo de compromiso...

*Me gustaría que llegásemos a un acuerdo. Quiero que vivamos vidas separadas, pero que tu hijo tenga tu protección y tu cariño.*

*Esto no es negociable.*

Los ojos de Bridget se llenaron de lágrimas, que dejó rodar por su rostro.

Las lágrimas se habían secado y estaba mirando el mar, siguiendo la estela de un yate que se dirigía al Sur, cuando decidió que era hora de volver a casa.

Seguía pensando en Adam Beaumont cuando bajó a la carretera... y estuvo a punto de caer bajo las ruedas de un coche, tan distraída estaba.

Alguien la salvó. Un par de manos fuertes la sujetaron por la cintura, apartándola en el momento justo. Y esa persona estaba furiosa.

Adam, que nunca le había parecido tan alto o tan amenazador.

–¿Cómo puedes cruzar la carretera sin mirar? –le espetó, airado–. ¿Es que no sabes que te he estado buscando por todo el país? ¡Y cuando te encuentro estás a punto de matarte!

Después de eso, la tomó entre sus brazos y la apretó con tal fuerza que Bridget no podía respirar. Pero, al notar los fuertes latidos de su corazón, se dio cuenta de que Adam estaba realmente asustado.

–No sabía que te importase...

–¿No lo sabías? –la interrumpió él, respirando profundamente–. Lo siento, es que me has dado un susto de muerte.

Bridget tragó saliva.

–¿Cómo me has encontrado? ¿O ha sido una coincidencia?

–Sí y no –Adam la soltó para tomar su mano–. ¿Podemos dar un paseo por la playa?

Bridget asintió después de pensarlo un momento.

–Hablé con Mark Levy hace un rato, por eso sabía que estabas de vuelta en la ciudad. Y he recibido tu nota, pero no estabas en casa, así que bajé a buscarte. Veníamos a pasear por aquí a veces, ¿recuerdas?

–Sí... sí, claro. Adam... ¿por qué has rechazado hacerte cargo de la empresa Beaumont? Pensé que era lo más importante para ti.

–Para demostrarte que puedo vivir sin muchas cosas, pero no puedo vivir sin ti.

Ella lo miró boquiabierta.

–Sé que después de nuestro último encuentro te resultará difícil creerlo, pero cuando pensé que podría no encontrarte nunca, que ni siquiera sabía dónde buscarte, me di cuenta de que había sido un tonto. No podía creer que no me hubiese dado cuenta antes de cuánto te quiero. Contraté a dos detectives para que te buscaran... tenía que encontrarte como fuera, Bridget.

–Pero has rechazado tu puesto como presidente de Beaumont –insistió ella.

–Siéntate –dijo Adam entonces, señalando las dunas–. No lamento haberlo hecho –siguió–. La empresa Beaumont ha sido un tormento para mí desde siempre. Además, por ella cometí el mayor error de mi vida.

–¿Marie-Claire? –sugirió Bridget.

–Sí, ella es el epítome de todos los errores que he cometido –Adam se quedó pensativo durante unos segundos–. Quería vengarme no solo porque me dejase por Henry, sino porque, en realidad, me dejó por la empresa. Tenías razón sobre el cinismo y la amargura que he sentido desde entonces... y también tenías razón sobre otra cosa: casarme contigo me parecía una buena manera de mantenerla alejada de mí, de castigarla. Pero solo cuando desapareciste me di cuenta de lo ciego que había estado, obcecado por mi propia ambición, por mis propias heridas. Marie-Claire no significa nada para mí y tampoco la empresa Beaumont. Te quiero, Bridget. Te quiero mucho y no quería hacerte daño.

Ella hizo un esfuerzo para contener las lágrimas.

–Yo... sigo asombrada –le confesó–. Tu tío y tú creíais que Henry no estaba haciendo un buen trabajo, ¿no?

Adam dejó escapar un suspiro.

–Henry tiene sus propios demonios. Y ha tenido a Marie-Claire manipulándolo durante todo este tiempo... sé que mi hermano no es un santo, pero... en fin, supongo que las cosas cambiarán a partir de ahora. En cualquier caso, no es asunto mío. Me volví loco cuando desapareciste, Bridget. No puedo vivir sin ti. No puedo hacer nada... la gente de mi oficina ni siquiera sabe dónde encontrarme.

–¿Dónde has estado?

–Buscándote, señora Smith. Anoche pasé por tu casa, pero las luces estaban apagadas. ¿Cuándo has vuelto?

Bridget se lo explicó y le explicó también por qué las luces estaban apagadas.

–¿No has escuchado mis mensajes?

–Dejé el móvil aquí. Y cuando iba a escuchar los mensajes, se me cayó al suelo y se hizo pedazos.

Adam se quedó callado un momento.

–¿Me crees, Bridget? Una vez dijiste que si te necesitaba sabía dónde encontrarte... y te necesito con toda mi alma.

Bridget pensó en lo que había rechazado, en cómo había cambiado su vida por ella.

–Sí.

–¿Me has perdonado?

Ella respiró profundamente y, cuando le llegó su aroma, sintió que sus sentidos despertaban a la vida.

–Sí, Adam. Aunque en realidad no tengo nada por lo que perdonarte.

Él vaciló, como si no pudiera creerlo, antes de tomarla entre sus brazos.

Unos minutos después, se dieron cuenta de que un niño de unos seis años estaba a unos metros, mirándolos con atención.

–¿Qué hacéis? –les preguntó.

–Estoy besando a esta señora –contestó Adam.

–¿Es tu mamá?

Bridget y Adam soltaron una carcajada.

–No –respondió él–. Pero se va a convertir en mi mujer muy pronto.

–Yo solo beso a mi mamá –dijo el niño–. Bueno, a veces también beso a mi abuela, pero me ahoga cuando me abraza y no me gusta.

–No me extraña. ¿Qué haces aquí solo?

El niño señaló a una pareja que paseaba por la orilla del mar.

–Estoy con mis padres. ¡Adiós!

Bridget se volvió hacia Adam.

–¿Parezco tu madre?

–No, no lo pareces, señora Smith. Pero debo decir que esta playa es demasiado pública para nosotros.

–Y yo debo decir –Bridget sonrió– que estoy de acuerdo contigo.

–¿Tu casa o la mía?

–La mía está más cerca.

–Entonces, a tu casa. ¿Echamos una carrera?

–No, de eso nada. Vamos dando un paseo.

Se pusieron serios de nuevo cuando estaban en la cama, uno en brazos del otro.

–No sé si merezco esto –Adam deslizó una mano por su cuerpo para dejarla sobre su vientre.

–Creo que siempre te he querido –le confesó Bridget–. Una de las razones por las que no estaba dispuesta a casarme contigo era que no quería solo respeto y afecto, quería que me quisieras tanto como yo a ti.

Adam cerró los ojos.

–No puedo creer que haya sido tan tonto.

–Pero tenemos toda una vida por delante y yo estoy deseando empezarla. ¿Y tú?

Él dejó escapar un gemido y todo lo que hizo a partir de ese momento le demostró sin la menor duda lo que deseaba.

Se casaron dos semanas después, en una ceremonia íntima y sencilla, pero la novia estaba radiante con un vestido de seda color marfil y un collar de esmeraldas a juego con el anillo de compromiso.

Con el paso de los meses, Adam y Bridget fueron bendecidos con el nacimiento de una niña a la que llamaron Grace Mary. Tenía el pelo cobrizo, como su madre, y los brillantes ojos azules de su padre. Volvieron a reunirse todos para el bautizo y cuando los invitados se marcharon y Mount Grace volvió a quedar en silencio, Bridget le dijo a su marido:

–Tu hija exige que vayas a verla ahora mismo.

Adam, sentado en el sofá rodeado de periódicos, levantó la mirada.

–Ya que mi hija solo tiene tres meses y no sabe hablar, ¿te importaría explicar cómo te lo ha dicho?

–Yo lo sé –Bridget se rio mientras se abrochaba los botones de la blusa.

–Espera, déjame a mí. Lo estás haciendo mal...

Bridget vio el brillo de sus ojos azules y dedujo que estaría desvistiéndola en unos minutos. Aún se estremecía al pensar cuánto amaba a Adam Beaumont, cómo después de tantos problemas la alegría de estar casada con él no la dejaba nunca.

A veces, aún se asombraba del cambio que se había operado en él, liberado por completo de la amargura. Ya no eran dos hombres diferentes, el que conoció en el cobertizo esa noche y Adam Beaumont, empresario. Era uno solo, Adam, el hombre al que había amado desde el principio.

Bridget le echó los brazos al cuello.

–¿Recuerdas alguna vez esa noche en Numinbah?

–Sí, muchas. ¿Y tú?

–Muchas –asintió ella–. Solía pensar que era lo más absurdo que había hecho en mi vida... acostarme con un hombre al que no conocía porque pensaba que iba a morirme. Pero creo que, al final, no ha salido tan mal, ¿no?

–Y creo que, además, has demostrado muy buen gusto –bromeó Adam.

Bridget soltó una carcajada.

–Te estás volviendo un engreído.

–¿Yo? Eso nunca.

–Como tienes no solo una, sino dos mujeres que te adoran, es más que posible. Bueno, vamos, Grace no se dormirá hasta que vayas a darle las buenas noches.

Riendo, Adam la besó.

–No te creo, pero iré de todas formas... en un minuto.

Bridget levantó una ceja.

–¿Por qué?

–Quiero que sepas que estoy loco por ti. El único problema es que me gusta decírtelo una y otra vez –Adam la abrazó, buscando sus labios, y Bridget se derritió sobre su pecho.

–Eso no es ningún problema –le aseguró en voz baja.

# Bianca

## Había llegado la hora de su venganza…

# EL PLACER DE LA VENGANZA

### HELEN BIANCHIN

Natalya Montgomery creía que ya había superado su separación de Alexei Delandros, pero volver a trabajar con él despertó en ella el ardor de los antiguos sentimientos y promesas que habían compartido. Sin embargo, ya no ocupaba un lugar en el corazón de Alexei y solo recibía su desprecio…

El amor por Natalya estuvo a punto de destruir a Alexei y la pasión que compartieron lo cegó ante la verdad. Sin embargo, el formidable hombre de origen griego no se dejaría engañar otra vez. Natalya tuvo que pagar por su traición de la manera más pasional que Alexei conocía, y su venganza resultó muy dulce…

# Acepte 2 de nuestras mejores novelas de amor GRATIS

## ¡Y reciba un regalo sorpresa!

## Oferta especial de tiempo limitado

**Rellene el cupón y envíelo a**
**Harlequin Reader Service®**
3010 Walden Ave.
P.O. Box 1867
Buffalo, N.Y. 14240-1867

**¡Sí!** Por favor, envíenme 2 novelas de amor de Harlequin (1 Bianca® y 1 Deseo®) gratis, más el regalo sorpresa. Luego remítanme 4 novelas nuevas todos los meses, las cuales recibiré mucho antes de que aparezcan en librerías, y factúrenme al bajo precio de $3,24 cada una, más $0,25 por envío e impuesto de ventas, si corresponde*. Este es el precio total, y es un ahorro de casi el 20% sobre el precio de portada. !Una oferta excelente! Entiendo que el hecho de aceptar estos libros y el regalo no me obliga en forma alguna a la compra de libros adicionales. Y también que puedo devolver cualquier envío y cancelar en cualquier momento. Aún si decido no comprar ningún otro libro de Harlequin, los 2 libros gratis y el regalo sorpresa son míos para siempre.

416 LBN DU7N

| | |
|---|---|
| Nombre y apellido | (Por favor, letra de molde) |

| | |
|---|---|
| Dirección | Apartamento No. |

| | | |
|---|---|---|
| Ciudad | Estado | Zona postal |

Esta oferta se limita a un pedido por hogar y no está disponible para los subscriptores actuales de Deseo® y Bianca®.
*Los términos y precios quedan sujetos a cambios sin aviso previo.
Impuestos de ventas aplican en N.Y.

SPN-03

©2003 Harlequin Enterprises Limited

*Era su obligación proteger a la honorable jueza,
pero ¿cómo iba a proteger su corazón?*

# MÁS ALLÁ
# DEL ORGULLO
## SARAH M. ANDERSON

Nada podía impedir que el agente especial del FBI Tom Pájaro
Amarillo fuera detrás de la jueza Caroline Jennings, pues lo
había impresionado desde el momento en que la había visto.
Tenía como misión protegerla, aunque la atracción que ardía
entre ambos era demasiado fuerte como para ignorarla. Para
colmo, cuando ella se quedó embarazada, Tom perdió el poco
sentido común que le quedaba.
Cuando se desveló el turbio secreto que Caroline ocultaba, fue
el orgullo del agente especial lo que se puso en juego.

# Bianca

**"Casarnos, Abigail. No hay otro camino"**

## UN ENCUENTRO ACCIDENTAL

### CATHY WILLIAMS

Leandro Sánchez nunca olvidó a la mujer que encendió un fuego en él como nunca antes había experimentado... y luego le traicionó. Cuando Abigail Christie apareció en la puerta de su casa, Leandro decidió que una última y explosiva noche era la única manera de dejar de pensar en ella. Pero Abigail guardaba un secreto...

En el momento en que Leandro descubrió que tenía un hijo, Abigail quedó completamente a merced del multimillonario. Él siempre conseguía lo que quería, y ahora estaba decidido a reconocer legítimamente a su heredero... ¡seduciendo a Abigail para convencerla de que se casara con él!